冷え切った仲の婚約者に今更ガチ恋してしまったけど好きとか言える空気じゃないしどうしよう

園内かな

Illust. なおやみか

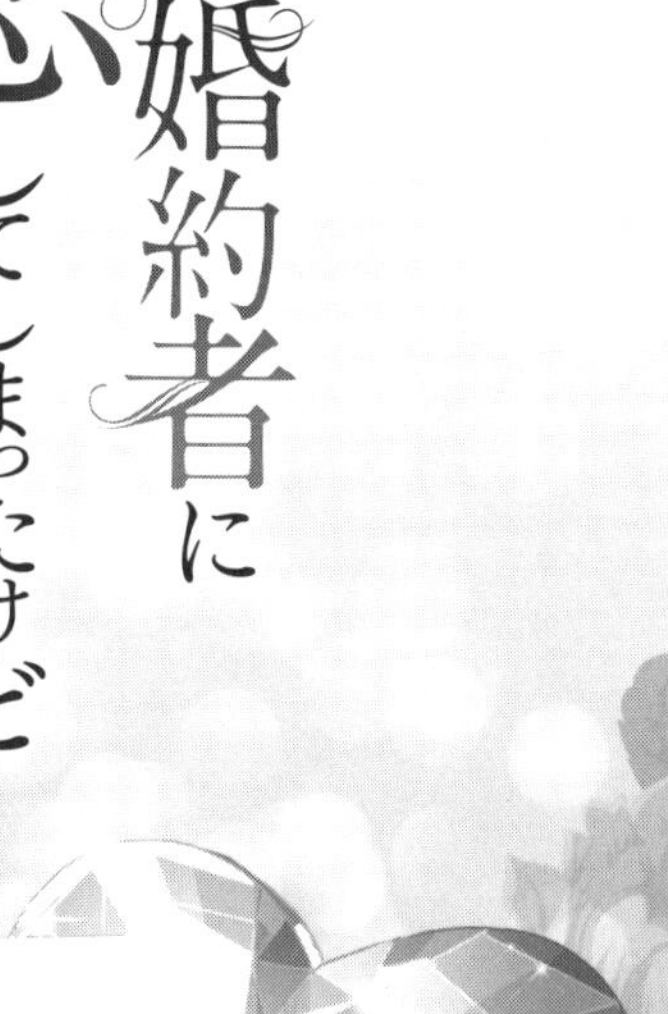

eR
eロマンス ロイヤル

CONTENTS

Hiekittanakano konyakusha ni imasara gachikoi shiteshimattakedo
Sukitokaieru kuukijanaishi doushiyou

CHARACTERS

Hiekittanakano konyakusha ni imasara gachikoi shiteshimattakedo

Sukitokaieru kuukijanaishi doushiyou

エリザ・ヴァイカート（18歳）

国内屈指の貴族家の娘。他者を圧倒することを家訓とし、本人も高圧的だがそれに見合った賢さと洞察力を持つ。家が決めた婚約者であるクラウスの軽薄さを毛嫌いし、いつか婚約解消したいと思っていたが……!?

クラウス（18歳）

エリザの幼いころからの婚約者。正妃を母に持つ正統な血筋の第二皇子だが、素行がだらしなく、エリザとは冷戦状態。娼館通いなど悪い噂が絶えないが、実はそれは表向きの顔で——。

ローゼリンデ（18歳）

鉄面皮な第一皇女。クラウスの異母姉だが、学園卒業後はフィオニスへの後宮入りが決まっている。顔に似合わず恋バナが好き。

アデリナ・フォルスト（18歳）

伯爵令嬢でローゼリンデの騎士。「姫騎士」の異名を持ち女子にモテるが、本人は花より団子。

マリーナ・アドルング（18歳）

穏健派な宰相の娘。ふんわりした癒し系の美少女で、いつもエリザたちをいさめている。胸が大きい。

フリード・ヴァイカート（25歳）

エリザの兄。高潔で高圧的な貴族らしい性格。マリーナとは婚約関係。

レオン（19歳）

西の大国・フィオニス王国の王族で現国王の甥。ローゼリンデを監視する目的で留学中。

ラウラ・クナイスト（16歳）

学園に通う平民出身の女学生。天真爛漫な美少女でクラウスに気に入られている。

プロローグ

皇宮の奥の、皇族の居住区。

限られた者しか出入り出来ない静かで荘厳《そうごん》な宮殿は、清廉《せいれん》な雰囲気だ。

そんな陽《ひ》が差し込む明るい部屋の中で、エリザは快楽で悶《もだ》えていた。

「あっ、あ、あっ……！　やめてぇ……っ」

「かなり感じる性質《たち》なんだな、エリザ。まだ大した愛撫《あいぶ》もしていないのに、びしょ濡《ぬ》れだ」

エリザの胸を揉《も》みしだいているのは、婚約者であるクラウス皇子殿下《でんか》だ。

婚約者とはいえ、まだ結婚もしていないのだ。こんな昼日中から淫行《いんこう》に耽《ふけ》るなど、エリザの常識の範疇外《はんちゆうがい》だ。

睨《にら》みつけようと、己をベッドに押し倒しているクラウスを見上げる。彼の蒼色《あおいろ》の瞳は煌《きら》めき、唇がニヤリと笑みの形になった。

クラウスはアスコットタイを緩めもせず、皇宮に相応《ふさわ》しい恰好《かつこう》だというのに、エリザは裸に金のネックレスだけだ。ネックレスは彼の髪色に合わせて身につけたいと選んだものだ。

こんな姿を見られたくないというのに、彼はエリザの足の間に居座っているので腿《もも》を閉じ合わせることも出来ない。更にクラウスの言葉から、己の女の部分も明るい部屋の中では丸見えで、蜜が零《こぼ》れ出ていることを知られていると分かった。

恥ずかしくて、いたたまれない。

「いやっ、見ないで！」

「いやらしい身体《からだ》だからって、恥じることはない」

羞恥のあまり、首を横に振る。エリザの黒く長い髪がシーツの上で揺れ動いた。

クラウスはゆっくりとした手の動きで、エリザの胸を苛《さいな》んでいる。何度も止めるよう言っているのに、いくら制止してもクラウスは聞いてくれない。

これまでの二人のすれ違い、仲違《なかたが》い、深すぎる溝《みぞ》が今のこんな状況へと繋《つな》がっていた。

「待って、お願い、話を……っ、あんっ」

話そうとしたら、胸の先端を強く摘まれた。

一瞬の痛みはあったが、また優しく指先ですりすりと擦《こす》られるととろりとした快感が下腹部に溜《た》まってくる。

胸を弄《いじ》られると、何故《なぜ》か下腹部が疼《うず》くのだと初めて知った。

先ほどから執拗《しつよう》に胸ばかり触れられ、優しくも意地の悪い手付きに涙が滲《にじ》む。

手のひらで胸全体をさすられ、先端を優しく擦られると大きな声を出して足をばたつかせてしまった。

「やっ、あーっ、ひぁっ……！」

「感じすぎだ。この分だと、簡単に体を堕《お》とせそうだな」

「もう、やめてっ。こんなことしても……っ、ああんっ！」

クラウスの指が下腹部へと移動し、襞《ひだ》を割り開いて一番敏感な突起を撫《な》で上げた。

強い刺激に、嬌声《きょうせい》が零れる。

でもその後は、指の腹で優しく愛撫をするのだ。

触れるか触れないかの力で、濡れそぼった突起を何度もいったりきたり上下に撫でさする。

ぬるぬるとした彼の指が、気持ち良すぎて刺激が足りない。エリザは知らないうちに腰を揺らしてしまっていた。

クラウスは嘲笑《ちょうしょう》と共に意地悪く指摘する。

「好きな男が居ても、俺の指に感じて腰を振るんだな」

「ち、ちが……っ、んぅ……っ」

キスされて、言葉を封じられる。舌を絡める深いキスをしながら、突起を撫でまわされてすぐにエリザは達した。

「んんーっ！」

体をびくびくさせながらイってしまっても、クラウスは愛撫をやめない。

違う。他に好きな男が居るなんてありえない。

だって、エリザが好きなのはクラウスなのだから。

それをどう伝えたら信じてもらえるのだろう。

ここまでこじれてしまったのは、自分の言動のせいなのだが修復の仕方が分からない。

エリザはくったりと力が抜けた体で、彼のキスを受けながら今までの二人の関係に思いを馳せた。

第一章　学園の美しい花たち

皇立ルンベルク魔法学園。創立二百年を超える歴史ある学園の生徒の大半は、十五歳から二十歳の皇国貴族の子弟で占められている。

優秀な平民の生徒も在籍しているし、学園の校則には「生徒は全て平等であること」と記されてはいる。服装だって、皆が平等であるための制服着用が必須とされていた。

しかし、学園内は明確な階級社会であった。

その頂点に立つのは支配者階級の中でも皇族と五大公、ルンベルク皇国の建国者を祖とする五つの大公家に連なる者たちだった。

彼らは皇族と五大公だけが使用できるパビリオン、大型のあずまやで昼休憩を取るのが常だ。

今日も、エリザたちがパビリオンに向かっていると他の生徒たちは一様に道を開け熱心に見つめている。

「ローゼリンデさまだ。皇女殿下《でんか》は今日も麗《うるわ》しい……」

「私はアデリナさまが本当に素敵だと思うわ。あの凜々《りり》しいお姿、姫騎士さま……」

「マリーナ嬢は今日もお美しい。あの方の隣では大輪のバラも霞《かす》むことだろう」

「エリザさまは凛《りん》としていらっしゃるわ。品位と理知で磨《みが》かれた貴人とは、ああいう方のことを言うのね……」

エリザだけ、容姿を称《たた》えられなかったことには触れないでおく。

エリザは黒髪のサラサラとしたストレートヘアに、切れ長の茶色の瞳の持ち主で、容姿はまあまあ整っている。まあまあ、なので決して醜いとか二目《ふため》と見られないという訳ではないが、いつもつるんでいる三人の見目《みめ》が良すぎて正直霞んでいる。

四人はいつものようにパビリオンに入って、大きなソファセットの好きな場所で昼食を取り始めた。

この中でも一番身分が高いのはローゼリンデ皇女殿下だ。銀髪に紫の瞳の麗しい少女だ。ただ、目つきが鋭く三白眼《さんぱくがん》なのでものすごく悪人顔だ。普通に真顔にしているだけで人を睨《にら》みつけているようだし、笑みを浮かべるといかにも悪だくみをしていそうだ。エリザもキツイ顔立ちだが、ローゼリンデには負ける。

ただし、彼女の中身は見た目通りではない。

「は〜、恋したーい。恋ってどんな感じなのかなあ」

悪人顔でも、恋に恋する純情乙女だ。ただ、政略結婚で卒業後は西の大国、フィオニス王国の後宮に入れられることが決まっているので、恋に関する発言はごく内輪のみに限られている。彼女は愛妾《あいしょう》の娘だった上に、母が亡くなってしまったので体《てい》よく追い払われてしまうのだ。

「んなもん、後宮で王にしたらいいじゃん、むぐっ。まあ相手はおっさんらしいけど。むしゃむしゃ」

言葉遣いも悪く、食べながら喋《しゃべ》るという行儀の悪さを露呈《ろてい》したのはローゼリンデの騎士、フォルスト伯爵令嬢《はくしゃくれいじょう》のアデリナだ。

凜々しい姫騎士と評判で、その通りのすらりとした長身に、湖畔《こはん》のように煌《きら》めく青い瞳をしている。濃い茶色の髪は女子にあるまじき短さに切られているが、それがまた彼女のきりりとした容貌を際立たせている。アデリナは女子生徒の憧れの的だった。

この行儀の悪さをその女子生徒たちが見たら卒倒してしまうだろうが。

ちなみに、アデリナも学園の中では女子生徒用の制服を着用しているが、ひざ丈のスカートを穿《は》いていても凜々しい騎士ぶりは変わらない。

アデリナの行儀悪さはいつものことなので、ローゼリンデはそのことには触れない。

「そんなこと言って、アデリナも一緒に後宮に入るのよ。このままじゃ恋する相手も居ないのよ！」

「美味《うま》い食いもんがあればいい」

「もー。マリーナ、なんとか言ってよ～」

マリーナは優しい笑みを浮かべて言った。

「みんな、大切にするものが違うのよ。アデリナは恋より食べ物。ローゼは食べ物より恋。どっちも間違ってないから、自分が大切なものを大事にしましょ？」

マリーナは金色のふわふわした髪に、棗《なつめ》の形をした大きなエメラルド色の瞳。見た目通りの優しい性格の美人だ。

エリザは家の方針で、貴人とは他者を圧倒してナンボだと育てられてきたので、マリーナを見るたびにこんなに優しくて大丈夫なのかと心配になる。

しかし、その優しい声は人を諭《さと》し導く。アデリナやエリザが何を言っても聞かないローゼリンデも、マリーナの話は素直に聞くのだ。

「うん、マリーナ……、えーん、嫁ぎたくないよー」

ローゼリンデはマリーナの胸に顔を埋《うず》めて甘えだした。

マリーナは優しく髪を撫《な》でてあげている。マリーナの胸は豊満で、ローゼリンデはすぐに顔を埋めにいくのが常となっていた。

「マリーナはローゼを甘やかしすぎ」

そういうエリザは一人がけのソファに横向きに寝転がって足をぶらぶらさせている。実家の当主である祖父が見たら激怒のあまり折檻《せっかん》するであろう姿勢だ。アデリナがまだ食べながら言う。

「おいエリザ、パンツ見えるぞ」

「別に見えていいよ、どーせドロワーズだし」

「出た、ドロワーズ。いまだにそんなの穿いてるの、エリザくらいじゃないの」

ローゼリンデがやっと顔をあげて言う。

アデリナは、わざわざ立ち上がってエリザのスカートを捲《まく》って見た。

「あ、ほんとにドロワーズ」

「仕方ないでしょ、うちは超保守派、懐古主義で反革新主義、五大公の保守主義筆頭なんだから」

「車より馬車、銃より剣と魔法だもんなあ」

アデリナの声に頷《うなず》く。

学園の送迎のうち、大半は車だ。そっちの方がコストが安くつくからだ。

しかし、ヴァイカート家は馬車を使っている。護衛には騎士がつく。

幼い頃、エリザは好奇心のままに『車に乗ってみたい』と言ったことがあった。

それを聞いた家長である祖父は、厳しくエリザを叱責《しっせき》した。

ならば我が家の馬を全頭処分、馬丁《ばてい》たちも全員解雇して追い出さなければいけない。馬の生産を頼んでいる牧場だって潰れるし、馬の餌《えさ》を頼んでいる業者だって皆倒産する。それらを全て養っていくことが馬車を使う五大公、ヴァイカート家の務めなのだと。

エリザは半べそで謝罪した。

しかし、今思えばそこまで大げさにすることなくない？　という感じだ。

「ほんと、どっちも用意してその時々で便利な方を使えばいいのに。いちいち大仰《おおぎょう》なのよ」

「エリザは中立派よねえ」

のんびり言ったマリーナも、同じく五大公のうちの一つ、アドルング家の娘だ。アドルング家は中庸《ちゅうよう》であり、どちらにも偏《かたよ》った思想を持っていない。マリーナの父は宰相《さいしょう》であり、穏健派として腕を振るっている。

「中立っていうか、一つに決めないで適当にやってくれたらそれでいいのに」

「はー、そんなことより恋よ」

「このサンドイッチ、もう無いのかよ」

「うふふ」

四人の令嬢たちは、気軽に付き合える仲だった。

他に、誰も居ない四人きりの間は。

パビリオンには、人が近づくと感知する魔術が施《ほどこ》されている。

その術式が、今発動された。

「チッ……、来たか」

行儀悪くも、エリザは思わず舌打ちをした。この時間、ここに顔を出しに来る人物は二名しか居ない。

四人……、いや、マリーナは特に変わらないので三人はすぐに姿勢を正した。

エリザは真っすぐに姿勢よく座りなおして詩集を手にする。もつれていた髪は、マリーナが優しい手つきでなおしてくれた。

ローゼリンデも座りなおし、女王然とした雰囲気を出す。とっくに冷めた紅茶を、優雅に飲み始めた。ついさっきまで恋がどうのと言っていた女と同一人物とは思えない落ち着きぶりだ。

そしてアデリナは騎士として、ローゼリンデの背後にビシッとした姿勢で立つ。こちらも、先ほどまで食い意地をはって行儀悪くがっついていた人物と同じとは思えない。どう見ても凛々しく忠誠心の厚い姫騎士だ。いつもながら、その変わりようには驚く。

やがて、思った通りの人たちがやってきた。今日は三人だ。

「よお、麗しの姫たち」

声をかけたのは制服のシャツをだらしなく着崩した、ダークブロンドに青い瞳の青年だ。背が高く、顔立ちも整っているが何分、三白眼で目つきが悪い。更に、人を小馬鹿にしたようなニヤニヤ笑いを浮かべているのが軽薄さを醸《かも》し出している。

その容貌は、表情を除けばローゼリンデによく似ていた。

「ふん、愚弟《ぐてい》よ。また女を連れてきたか」

「弟じゃねえ。同い年だろ」

「半年はわらわが年上だ」

男はローゼリンデの腹違いの弟、正統なる皇妃より生まれた皇国の第二皇子、クラウスだった。

立太子《りったいし》している十歳年上の第一皇子がいるため、王位継承の予定はないが、誰よりも尊い血筋の皇族である。

エリザの許嫁《いいなずけ》でもある。

しかし、エリザはクラウスを無視して見向きもしないし、クラウスもエリザに声はかけない。二人の仲は、冷え切っていた。

クラウスが小馬鹿にしたように口を開く。

「その姉上に、レオが話があるってよ」

クラウスの隣には、褐色の肌に黒髪、金の瞳のエキゾチックな風貌の美青年が居た。

西の大国、フィオニス王国の王族であるレオンだ。フィオニス現国王の甥《おい》に当たる人物でもある。

ローゼリンデは、レオンの伯父の後宮に嫁ぐことが決まっている。

「……伯父上の女官たちが、贈り物の返礼が無いと騒いでいるようだ。礼状を出した方がいい」

レオンは無口な性質《たち》だが、わざわざそれを教えに来てくれたらしい。

きっとローゼリンデは、嫁ぐのが嫌なあまり、国王からの贈り物を開封もせず放置しているのだろう。

内心、ヤバいと思っただろうが彼女は鉄壁の無表情で言い放つ。

「分かっておる。こういうのはすぐに出さずに、焦《じ》らす方がいいのだ」

皆は優しいから、忘れていただけだろうとは誰も突っ込まなかったが、それきり全員黙り込んでしまった。

将来の親戚だというのに、ローゼリンデとレオンの仲も微妙だった。

レオンはとてもハンサムなので、彼と血縁関係なら伯父である国王もとてもイケメンなのでは？と以前皆で彼に尋ねてみたことがあった。

答えは、伯父は太っていて頭髪がなく、若い頃の容貌とは異なっている、とのことだった。また、後宮の様子も、王の寵愛《ちょうあい》争いで女同士が殺し合う過酷な場所だと正確に教えてくれた。

それ以来、ローゼリンデはレオンを苦手としてよそよそしく接していた。現実を厳しく突き付けてくる人物だと認識したからだ。ローゼリンデは甘やかしてくれる優しい人が好きなのだ。

そんなことをエリザが思い出していると、三人目の招かれざる客――平民の女子生徒であるラウラ・クナイストが突然話し出した。

「あ、あの！　私、このパビリオンは、皆に開放すべきだと思うんです！　生徒は皆、平等。それが学園の方針です。一部の特権階級の方だけが優遇されるなんて、おかしいと思います！」

「…………」

エリザたち四人は、皆無視をした。

学園内では皆平等。そうかもしれないが、エリザたちはこの国の階級制度を生きているのだ。その中には下の身分の者からは話しかけてはいけない、というものもある。

知人やクラスメイトでさえない、ただの同じ学園の生徒であるラウラが話しかけてきても応じることは出来ない。それは今まで躾《しつ》けられたことを全て無に帰《き》すことと同じだった。

「あの……」

無視されたラウラは怯《おび》えたようにクラウスの腕に縋《すが》りつく。

ラウラのことは、エリザの耳によく入ってきていた。

最近のクラウスのお気に入りであり、魔力量の多い平民、無邪気で素直で可愛《かわい》い女子生徒。ピンクブロンドのセミロングの髪は艶《つや》やかで、珍しい色合いから学園内でも目立っている。たれ目気味の大きな瞳もピンクがかった茶色で、常に潤んでいる瞳は男の庇護欲《ひごよく》をそそるようだ。

二人は学園内で、人目もはばからずいちゃついているらしい。

そんなクラウスの言動をエリザにご注進にくる人々はたくさん居た。はっきり言って、煩《わずら》わしい。

エリザはクラウスのことを軽蔑《けいべつ》しきっているので、勝手に好きにすればいいと思っている。

しかしこのラウラが最近、貴族と平民も平等に、という運動をしているのが気になるところだ。

クラウスは何を考えているのだか。何も考えていないのだろうが。

エリザはパタンと詩集を閉じて言い放った。

「羽虫がうるさいわ」

「もう行きましょう」

「待ってください！　話はまだ終わってません！」

マリーナが優しく皆を促《うなが》す。ラウラがまだ何やら抗議しているようだったが、四人は気にも留《と》めないで優雅なしぐさで歩き始める。

パピリオンから出て行こうとして、そういえば別のご注進があったことを思い出す。

エリザは必要最低限のことだけクラウスに話しかけるが、今はその時だと思った。

「クラウス殿下。殿下が城下で親しくされているご友人のことですが」

「どのご友人のことか分かんねぇな」

思い当たる節《ふし》がたくさんあるらしい。しかし、エリザは高級娼婦の居る店の名前まで聞いて知っていた。

「金《きん》の女鹿亭《めじかてい》、でしたかしら」

「……！　よく知っているな」

「ええ。注進がひっきりなしにありますのよ。お気に入りの方がいらっしゃるとか。どうかしら。それほど気に入られているなら、愛妾にしてさしあげてはいかがかしら？　わたくしが皇后陛下《へいか》に進言いたしますわ」

クラウスが恋人を作るなら、その人を公式な立場にあげてしまえばいい。益々《ますます》熱をあげるようなら、エリザが身を引けばいい。

そう考えての発言だったが、彼はムッとしたように言う。

「余計なことはすんな。ただの気晴らしだ」

「さようでございますか」

「何せ、常に言動に目を光らせる堅苦しい許嫁殿が居るからな。息抜きも必要というものだ」

これで言質《げんち》は取れるか？　エリザはもう一歩踏み込んでみた。

「では、その旨もお伝えいたしましょうか。殿下のご不満を解消する方法は、きっとございます」

クラウスが嫌がっているから、という理由で婚約を解消したらどうか、と持ちかけてみたのだ。

それならエリザは有責ではなく、クラウスのせいということで自由の身になれる。

だが、クラウスもそう甘くはなかった。

「いいや、それには及ばない。もしお前が希望するなら、俺から伝えるが」

逆襲されてしまった。だったらエリザが嫌がっていると皇宮に報告し、婚約解消に動くと言っているのだ。

エリザは慌てて訂正した。

「まさか。わたくしはそのようなことを望みません」

「フン、だったら余計なことは言うなよ。俺とお前の婚姻はいくつもの政治的要因を含んだ皇国の事業にも匹敵する務めだ」

「本当に。おっしゃる通りでございます」

お前がそれを知っていたのは驚きだな、と言外に滲《にじ》ませる。

以前は彼に対して、怒ったり悲しんだり、色んな感情を持っていた。だが度重なるクラウスの悪行に、エリザの感情はすり切れた。それは諦観《ていかん》となって諦めの境地に達していく。彼はそういう人だから、仕方ないのだと。

だが今、その感情も別のものへと変化していた。

それは侮蔑《ぶべつ》だった。

エリザは心底クラウスを軽蔑し、今や彼を見る視線は虫けらを見る程度の感情しか湧かない。だから彼が非公式に『気晴らし』で婚約者以外の女を抱こうと、何も思わない。

内心は恋に夢見ているローゼリンデは、もっとクラウスに対して端的だった。

美しい眉をひそめ、言い放つ。

「学生で婚約者を持つ身でありながら娼婦を囲うとは。クズだな」

「断っただろ」

「その提案をエリザにさせることがクズだというのだ」

「ローゼリンデ殿下、わたくしは気にしておりませんから。参りましょう」

その時、ふと視線を感じてエリザは頭をあげる。

レオンからの視線だった。

どうしたのだろう、と彼を見てもフッと目を逸《そ》らされる。

エリザたちはそのまま彼らを残し、パビリオンを去った。

教室に戻りながらの廊下で、ローゼリンデが小声でエリザに言う。

「ちょっと、さっきの話聞いてなかったんだけど！」

「まあ、ね」

「後で詳しく教えなさいよ！　放課後、皇宮でね！」

さっきの話が全てで、特に何も言うことはないが。まあ、ローゼリンデは色々聞きたくて仕方ないのだろう。

「もー、野次馬ローゼなんだから。分かったわよ」

了承するエリザの隣に、マリーナが来て心配そうに顔を見上げる。

「エリザ……」

「大丈夫。でも、最近生理的に無理になってきた」

女の言う生理的に無理は、本当に無理ということだ。

軽蔑、無関心から同じ空間にいることの嫌悪感に心が動いている。視界の中に虫が湧いていれば嫌だと思う気持ちと同じだった。


「結局は、女に本気にならないのよね。あの男」

エリザは皇家御用達《ごようたし》のふかふかのソファにくつろぎながら、そう呟《つぶや》いた。

ローゼリンデの皇宮に四人で集まり、お茶会をするのはよくあることだ。それほど華美でも豪華でもない居室だが、大きなソファと広くすっきりとした部屋は皇女に相応《ふさわ》しかった。

放課後、四人で再集合してからエリザは「クラウスにお気に入りの娼婦がいて、その高級娼館によく通っている」という話を披露した。エリザの呟きにすぐにローゼリンデとアデリナが同意する。

「本当に。女を弄《もてあそ》んでは捨てるクソ男は許せんな」

「去勢しろ、去勢」

マリーナは優しいのでそんなことは言わない。ただ、エリザを気遣ってくれる。

「大事なのは、エリザがどうしたいかよ」

「うーん。あいつも、誰か本気で好きになったら変わるんじゃないかと思ってたんだけどね」

「けど、もう生理的に無理？」

優しいマリーナの綺麗《きれい》な声で、生理的に無理という言葉が出てきてちょっと笑ってしまう。

「私、奴が本気になる相手は、マリーナがいいと思うんだけど」

マリーナは美人で優しくて胸も大きい。クラウスは本当は、マリーナみたいな癒してくれるタイプの女性を妃《きさき》に望んでいるだろうと感じていた。

自分はツンケンとしていて可愛げのない態度だし、スタイルが細身なのは自身では気に入っているが、おそらくクラウスの好みではないだろう。胸も普通なので、巨乳が好きなら物足りないだろうし。

彼の好みではないエリザだから上手《うま》くいかず、こうやって冷え切った関係になってしまっているのではないか。そう考えたのだ。

ところがマリーナはきっぱりと言い放つ。

「それは無理よ」

「どうして？」

「どうしてって。婚約者は貴女《あなた》でしょう、エリザ。それに、私だって婚約者がいるわ。貴女のお兄さまよ」

そう。エリザの兄フリードはそこまで美形でも賢くもないくせに、こんなに可愛い婚約者がいるのだ。それなのに、マリーナとほとんど親しい関係も築かず、月に一度健全に会う程度の仲らしい。

それは、五大公同士の婚約はとりあえず交わしておくがきちんと成婚にまで至るのは珍しい、という面があるからかもしれない。

つまりいつでも破れる約束で、破っても仕方ないものと慣例的に認識されているということだ。そこを指摘する。

「別に兄のことなんとも思っていないでしょう？　それに、いつでも解消できる婚約だし」

「確かに、フリードさまとはまだ深く知り合う前だけれど。とはいっても、簡単に相手を変えられるものではないわ。クラウス殿下の相手はエリザなんだから」

真っ当に反論され、ソファに倒れ天を仰ぐ。

「はー。そっかー。分かった。最近、もう何でもいいから、何かが起こって解放されたいなーって思うんだよね……」

「何でもいいから？」

すると、茶菓子を食べていたアデリナが全く見当違いのことを言い出した。

「テストの前日に、学校が燃えないかなーって思ったりするけど、そんな感じかな」

「そんなこと思わないわよ！　アデリナだけじゃない？」

「わらわも思う！」

ローゼリンデが勢いよく声をあげるから、みんなが笑う。

それでずいぶん気が軽くなった。クラウスにはほとほと愛想《あいそ》が尽きているが、婚約は五大公の一つヴァイカート家と皇家が取り決めた条約に相応する。エリザが嫌だからといって勝手に白紙に戻せるものではない。

心を殺して、付き合っていくしかない。今から憂鬱《ゆううつ》だったが、エリザには気の置けない友人たちがいる。

「でも、私も、分かるよ。たまに、何でもいいから何かが起こって、フィオニスに行かなくていいって言われないかなーって思う……」

そう言ったローゼリンデは、とても寂しそうだった。普段は一人称がわらわだが、私になっている。そういう時は彼女の弱気の虫が出ているのだ。

エリザはまだ、同じ国内で実家も近くにある。愛がない結婚で皇家に入っても、メンタルも強いし何とかなるだろう。

だがローゼリンデは泣き虫で、寂しがり屋なのに少ない供を連れ他国の後宮に入らなければいけない。

「ローゼ、このおやつ食べていいよ」

「これもあげるわ」

「わ、私のも……」

皆はお菓子でローゼリンデを慰めようとし始めた。最後に言ったアデリナは、お菓子がよほど惜しいらしく力を込めて握りしめている。

「別に、お菓子が欲しいわけじゃないの！　欲しいのは恋バナ。それなのにドロドロしたクズ男の話なんて聞かされて……」

これにはエリザも抗議の声をあげた。

「ちょっと。ローゼが聞きたいって言ったんでしょ！　私だって、こんな話したくないわよ！　貴女の弟がクズなのは私のせいじゃないし」

「エリザの恋バナが聞きたい。初恋の話！」

ローゼリンデがそう叫んだ。

実はこの四人の中で、恋らしい恋をしたことがあるのはエリザだけだ。しかも、八年も前の十歳頃の話だ。うら若い乙女が四人もいるのに、皆枯れすぎではないだろうか。しかも何回も繰り返しねだられて話している。

「この話、百回くらいしてるでしょ。まだ聞くの」

「恋の話は何回でも聞きたいの！　じゃあ誰か、新しい恋の話、出来る人いるの？」

「…………」

シーンとなってしまい、皆がエリザを目で促す。

「分かった。もうみんな聞き飽きて覚えてると思うし、私の中では黒歴史なんだけど」

そう前置きして、エリザは初恋の思い出を語り始めた。

＊＊＊

五大公の一つ、ヴァイカート家は国内最大規模の騎士団を所有している。

騎士を育成し、騎士団を維持するには膨大な費用がかかる。しかしそれを賄《まかな》えるほどの財力があるのがヴァイカート家だった。

保守派筆頭であるヴァイカート家は、騎士と魔法で権威を誇《ほこ》る。古き良き皇国を体現する名家の一つだった。

それゆえ何かと、科学を優先しようとする革新派の批判対象となる。

革新派の中でも過激派集団『イオナイト』は度々ヴァイカート家に犯行予告を出していた。

反魔法思想を持つテロリスト・イオナイトは皇国内でテロを起こすなどの活動をしていた。大層なお題目を唱えてはいるが、ただ金持ちを脅迫、誘拐しては金銭を享受する犯罪集団だ。

そしてエリザが十歳の時、彼らは実際にヴァイカート家に牙《きば》をむいてきた。

エリザが乗る馬車に、銃で攻撃を仕掛けてきたのだ。

その時にエリザを護衛していたのは、魔法剣士ジークフリード・オルブリヒだった。

長身で逞《たくま》しい、いかにも騎士といった体軀《たいく》の彼は、いつも薄茶色の短髪をかっちり固めていた。あまりお喋りをするタイプではないが、茶色の瞳は主家の令嬢であるエリザをあたたかく見守ってくれていた。

そのジークフリードが多数の銃をものともせず、魔法でエリザを守りながらテロリストたちを剣で瞬殺したのだ。

優しく物静かで面倒見のいいジークフリードが、鬼神のごとき表情で敵を屠《ほふ》っていく。固められていた髪が乱れ、はらりと額にもかかっていた。

それを馬車の中から目撃したエリザは、どうしようもなく胸が高鳴った。あんなに感情が沸き起こったのは、初めてだった。そして、他人を渇望することも。

エリザは十歳、そしてジークフリードは二十八歳だった。

「ジーク、わたしと結婚なさい！」

十八歳の年の差など、ものともせずにエリザは堂々とジークフリードに求婚した。どうしても彼と結婚したかったのだ。

主であるエリザに命じられては、ジークフリードが断る術《すべ》はない。

主命とあらば、と跪《ひざまず》き俯《うつむ》いた彼はどんな気持ちだったのだろう、と今では思う。子供とはいえ主人なのだ。諭すことも嫌がることも出来なかったし、苛《いら》ついていたのではないだろうか。

エリザはその前年にクラウスと婚約していたが、そんなものどうでもなると考えていた。まあどうにもならなかったが。

皇家との婚姻を悲願とする祖父に叱責されたが、どうしてもジークと結婚したいと言い張った。幼少期から小さな貴人として家の為《ため》に生きてきたエリザの、初めての我儘《わがまま》であった。

実はジークフリードがその年まで結婚していなかったのは、若くして亡くした婚約者に操《みさお》を立ててのことだった。その時もずっと、彼女を愛していたのだ。

家長である祖父は、ジークフリードに結婚を命じた。勿論《もちろん》、相手はエリザではない。家柄と年齢が釣り合う令嬢との即時婚だ。

こうして、ジークフリードは無理やり命じられた結婚をして、エリザの初恋は儚《はかな》く散った。

でも、あの思いは無駄ではなかったと思っている。

今、ジークフリードは一男一女の父親だ。夫婦仲は良く、二人の子を大層可愛がっている。八歳の娘ヒルデと六歳の息子ベルンは、どちらも利発で愛くるしい。エリザのことも慕ってくれている。きっとヴァイカート家の次代を担《にな》う、有能な家臣となってくれるだろう。

＊＊＊

この話をすると、ローゼリンデはいつも襲撃されるくだりで興奮し、ジークフリードの活躍に息をのみ、求婚のくだりで顔を赤らめ、そしてジークの元婚約者への愛で涙するのだ。

そして、ヒルデとベルンの話をすると満足そうに吐息を漏らす。

エリザは呆《あき》れて言った。

「もう何回も聞いているのに、まだそんな反応するの？　魔道具に録音していつでも聞けるようにしておくわよ？」

「何回聞いてもいいものはいいの！」

マリーナまで微笑《ほほえ》んで言う。

「録音より、臨場感があるエリザの語りがいいのよ」

アデリナは聞き流しながら無心にお菓子をぱくついている。

ローゼリンデが嘆息《たんそく》する。

「私も恋してみたいわ。心から湧き上がる激情ってどんな感じなのかしら」

エリザはそれを聞きながら内心、二度と恋などしたくないと思っていた。

恋は、頭が馬鹿になるからだ。

今思うと、転がり回っていっそ殺せと思うほど恥ずかしい言動を多々、平気でしてしまった。

ジークフリードへの付きまとい行為。家族に叱責されても泣きわめいて反抗する。

そして仮にも婚約者であるクラウスに、いかにジークがかっこよくて好きになったかを力説。

十歳当時から気の合わなかったクラウスは、冷笑を浮かべて言った。

『それならお前がそのジークとやらと結婚すれば、俺たちは結婚しなくて済むな』

それだ！　と思った。何故《なぜ》そういう思考になるのかと幼き自分を問い詰めたい。

とにかく、エリザはジークに求婚し、ジークは亡くなった婚約者を愛していたのに別の女性と急遽《きゅうきょ》結婚することになった。迷惑どころの話ではない。

現在のジークの妻だって、突然結婚を命じられ、しかも花婿の心には別の女性が住んでいるのだ。今は仲良くしていても、当初はずいぶんギクシャクしたことだろう。正直すまないと心の中で謝るしかない。

そして、極めつけはジークの結婚式。往生際の悪いエリザはジークをなんとか心変わりさせられないかと計画し、それを見越した祖父に結婚式の前後、計十日ほど屋敷から追い払われてしまった。更に行き先は、皇家の別荘。これを機にクラウスとの仲を改めろと彼まで別荘に追いやられてきたのだ。

当然、クラウスにはめちゃくちゃ文句を言われた。

『何故俺までここに来なければいけないんだ』

『クラウス殿下におかれましては、ご機嫌麗しく……』

『麗しいわけないだろ！　避暑地の別荘なのに、このクソ寒い時期に十日間も滞在なんてありえない！』

皇都から自然しかない田舎の別荘地、しかも季節外れの避暑地に強制的に移動させられたのだ。

文句も言いたくなるだろう。

エリザはなるべく、クラウスと関わらないように一人で静かに過ごした。失恋のショックと家を追い出された惨めさで涙が止まらず、めっちゃ泣いた。

だが、別荘を管理するばあやや、クラウスを世話する女官たちはクラウスを小突き、エリザを慰めろと強要する。クラウスは物凄《ものすご》く迷惑そうだった。彼にとっても巻き込まれたろくでもない思い出だろう。

今では軽蔑しきって、一緒に居るのも嫌だが、あの時のことを思い出すと心臓がきゅっと冷たくなる。

クラウスはあの別荘でのことを一切持ち出さないが、話すのも面倒なのかもう忘れてしまったのか。出来れば後者であってほしいと願う。

そして、一度はあの狂わしいほどの激情を、クラウスにも味わってほしいとも。

彼も大切な人が出来たら、現状の怠惰で遊び好きで厭世的《えんせいてき》な生活を変えられるだろう。

皇族として、彼の生活態度がこのまま続くのは絶対に良くない。今はまだ学生だからと目こぼしされているが、いつか品性を問われることになる。

もしクラウスに好いた女が出来たなら、その人を囲うなり、もしくはエリザが身を引く形でその人が妃になってもいい。

エリザは個人の感情を大切にしながらも、常に貴人として、皇国や一族にとってより良い形を模索している。

しかし、それはクラウスにとっては上から目線であり、何様だという話になる。

歩み寄りようがないほど、二人は気が合わなかった。

とにかく、彼が妃を迎える時に隣に立っているのはエリザではないかもしれないが、皇子として相応しい品格を持ってほしい。

そんな風に思うのだった。


エリザが帰宅して、自室に入ると白い封筒が机の上に置いてあった。

宛名も書かれていないので、普通に届いた郵便物ではない。魔術的に届いたものだ。

一体誰からだろう。手をかざして探知してみるが、悪意はない。流石《さすが》に、悪意が込められていたら弾《はじ》かれるしこの部屋には届かない。

探知していると、魔力に反応したのだろう。封筒に文字が浮かび上がってきた。

『真実を知る勇気はあるか』

かなり挑戦的だと感じた。真実を教えてあげます、とか真実を知りたいか？　ではなく、勇気を問うているのだ。

これは、エリザに対する挑戦状だ。学園の生徒か、皇国貴族の令嬢か。エリザにライバル心を持っている人物のような気がする。

ならば、挑まれたら応じるのみ。

エリザは風魔法をペーパーナイフ代わりにして封を開けた。

中には簡潔に、明日の深夜、この地点に来いという場所が指定してあった。場所は皇都の繁華街の一角にある路地裏だ。

どうやらこの手紙の主は、エリザに何かを見せたいらしい。

勿論、エリザのような令嬢が夜中に街に出向くわけにはいかない。遠見《とおみ》の魔術で見物させてもらうことになる。

それならば、それなりの用意をしなければ。

一体、何を見せてくれるのだろうか。

手紙の内容からしても敵意はないから攻撃性はないだろうが、一応防衛魔法も構築して……、と色々考え始める。

後から考えれば、エリザが見ることになるのは自分の人生を一変させるような光景なのだが、この時のエリザは挑まれたことへの対抗心に燃えていたのだった。


翌日、エリザは普通に学園に登校した。

この日も、クラウスが女と遊んでいるだとかタバコを吸っているとか、酒を飲んでいるとか色々ご注進がクラスのご令嬢やご令息からあった。

私はあいつの母親なの？　もう放っておけばいいのよ！

そう言いたかったが、親切でわざわざ言いに来てくれる方々（皮肉）を無下《むげ》には出来ない。鬱陶《うっとう》しい輩《やから》でも、自分の派閥に属する家柄であったり、有益な情報をもたらす人物であったりもするのだ。

「進言に感謝します」

その一言を繰り返した。

いつものようにパビリオンに向かう途中、クラウスとラウラが仲睦《なかむつ》まじそうに寄り添っているのを見かけた。相変わらず婚約者殿はニヤニヤと軽薄な笑みを浮かべている。

それを見てもエリザは羽虫が視界を掠《かす》めたように感じただけで、すぐにそのことは忘れてしまった。

「今日の放課後も皇宮に来る？」

ローゼリンデが休み時間にそう誘ってくれたが、断った。

「ちょっとやることがあるから、今日はやめておくわ。また明日」

指定の時間までに、遠見用の水晶玉に術式をいろいろ仕込んでおきたかった。

指定場所は街灯もない、ひと気の少ない路地裏だ。どうせなら綺麗に映像を見たいので、暗闇《くらやみ》でも光を拾って解像度を高くしたい。音声も聞こえるようにして、そして録画もしたい。

エリザの実力ならどれも出来るが、家の中でも厳格に行動時間が決められ、監視の目がある身だ。

時間の余裕がなかった。

帰宅したエリザは少し考えたい課題があるから部屋にこもると伝え、食事や入浴など決められた時以外は水晶玉にかかりきりになった。予定時間には終えられたので、満足する。

さて、何が見えるのか。

就寝の準備をし、早めに寝室にこもる。そして水晶玉の前に座り、時間になるのを待った。

水晶玉は、しばらくは繁華街から外れた路地裏の風景を映していた。しかし時間になると、騒がしい音が聞こえてきた。エリザは録画を開始する。

『待て！』

『こっちだ！　追え！』

男たちが揉《も》めているような声だ。

やがて水晶玉にフードを被《かぶ》った男が映り込んで、銃を構えた。

『皇国の犬が！　科学の力を、我らイオナイトの力を思い知れ！』

そうわめくフードを被った粗野な男たち。イオナイトの構成員だろう。最近の彼らは、直接ヴァイカート家には手を出してきていない。しかしいまだにテロ行為を行い、屋敷にも脅迫文を送りつけている。

エリザが冷静に現場を俯瞰《ふかん》していると、画面にもう一人の男が滑り込んできた。

追いかけてきた男は、軍服を着ていた。帯剣しているし、皇国の魔法剣士だと見て取れる。

エリザは息を呑《の》んだ。その男を、見知っているからだ。

いつもは制服を着崩したただらしない恰好《かっこう》で、軽薄な笑みを浮かべている男。

だが、今はかっちりとした軍服を隙《すき》なく着こなし無表情だ。

水晶玉に映っているのは、エリザの婚約者である第二皇子クラウスだった。

引き締まった真面目な表情のクラウスを見て、エリザは思わず口元を手で覆った。彼のこんな顔は見たことがない。

クラウスは、胸元から銃を取り出すと何の躊躇《ちゅうちょ》もなくイオナイトの構成員を撃った。乾いた音がぱんぱんと響いた。

エリザは悲鳴をあげそうになったのをすんでのところで飲み込む。

こちらの音は向こうには聞こえないし、のぞき見していると知られないよう隠密《おんみつ》機能も組み込んでいるが、それでもだ。

胸がどきどきしているが、目を見開いて何も見逃さないように集中する。

撃たれたイオナイトの構成員は、驚愕《きょうがく》の表情をしていた。

「まさか、銃を使う、だと……、魔法剣士じゃ、ないのか……」

「こっちの方が簡単で痕跡もバレない」

もう一発撃って、とどめをさすとクラウスは銃をゴミ箱に投げ込んだ。綺麗な放物線を描いてゴミ箱に入っていく銃。その投げる姿も、とてつもなく恰好良かった。

クラウスの言う通り、魔法は追跡出来る。手順を追って調べたら、誰がこの魔法をいつ頃使ったか、魔法痕で分かるのだ。

だが銃は、誰が使ったか分からない。手袋をして使った銃をその場に捨ててしまえば、追跡は難しいだろう。

それに、大抵の魔法剣士は魔術と剣に誇りを持っているので、銃などは使わない。誰でも使える道具だと一段下に思っているほどだ。そして魔法剣士は魔法を使ってくるとバレている分、対抗手段を持たれて、防御されやすいという欠点がある。

イオナイトの構成員は魔法を防御したり反射する魔道具を持っていて、それで自信満々に口上を述べたのではないか。

だが、クラウスは常識に囚《とら》われず銃も使いこなしてみせた。なんて賢い戦い方だろう。

とにかく、クラウスは冷静で恰好いい。

恰好いい？

自分でも何故そう思うのか不思議だが、胸がどきどきしてクラウスから目が離せない。

後ろからもう一人、軍服の男がやってきた。赤毛でタレ目の、女にモテそうな甘い風貌の若い男だ。この二人が並んでいたら、女が放っておかないだろう。

「はい、ご苦労さん。ガサ入れは不発に終わったけどね」

「巣に戻る」

「あー、待て待て。先にタバコ、吸っておいた方がいい。銃ってのは簡単に扱えて便利だが、硝煙《しょうえん》が体につく。これは一般人にもバレるもんだからな。煙で誤魔化《ごまか》しとけ」

「一長一短だな」

短く言って、クラウスはタバコを吸いだした。

今日のご注進で、クラウスの喫煙問題があったことを思い出す。まさか……。

赤毛の男はお喋りらしく、馴《な》れ馴《な》れしくクラウスと話し始めた。

「クナイストの娘はなんかゲロった？」

「いいや。父親の話を向けても何も。とぼけているのか、本当に知らないのか判断もつかん」

「イオナイト中枢《ちゆうすう》への手がかりなんだ。上手いことたぶらかしてやってくれよ。まあ、婚約者もいる学園では難しいだろうけど」

また息を呑んだ。クナイスト……、ラウラ・クナイストのことだ。

今日も、二人が仲良さそうにしているのを見かけた。ラウラはもしかして、イオナイト幹部の娘なのだろうか。今の会話からは、彼女から情報を引き出す為に仲良くしているという風に聞こえた。

もうエリザは叫びだしそうになるのを堪《こら》えるのがやっとだった。

そんなエリザの混乱をよそに、クラウスは無表情に口を開いた。

「いいや。婚約者殿は俺に全く関心がない」

「へえー。まあ何も言わずにこんな生活してたら無視もされるか。ははっ、振られろ」

「……巣に戻るぞ」

「へーい。あーあ、今日で金の女鹿亭ともお別れかあ。せっかくいい拠点だったのにー」

「大っぴらに出入りしすぎたか、すぐに噂《うわさ》になったからな。仕方がない」

「最後にシャルロッテちゃんと一回くらいヤッとけば？　向こうは好いてるみたいだしそれくらいの役得がないと」

「帰って課題だ」

「ええー！　こんな仕事の後に学園の課題？　女抱いて寝る以外の選択肢ないでしょー」

二人は立ち去って行った。

死体とゴミ箱の銃だけが残されている。

エリザは震える手で水晶玉の映像を切った。

何もしていないのに息を詰めていたので苦しい。はあはあと大きく息をして、口を開くと勝手に声が出た。

「はわわ……」

物凄いことを知ってしまった。

しかも、録画している。

この映像を表に出せば、婚約解消どころではない。確実にクラウスは失脚する。

皇子たる者が関わるべきではない、血なまぐさい裏の仕事を自らの手で執り行っているのだ。噂になっただけで、クラウスは病気療養という名目で表舞台から消えることになるだろう。

エリザも噂でしか聞いたことがないのだが、あれは軍部の中でも秘密特殊部隊に位置する、対テロ組織ではないだろうか。

まさかクラウスが学生の身でありながら実行部隊の一員になっているとは、夢にも思わなかった。

確かにヒントはあったのだ。

ラウラと親しくしながら娼館通い、そして喫煙の噂。

だが、エリザは深く考えることなく、表層の情報だけを受け取って判断してしまっていた。

クラウスがこんなことをしているのは、十中八九、兄である第一皇子アベルの命令だろう。

アベルは現皇帝が若い時に身分の低い娘との間に出来た子で、クラウスより十歳年上の二十八。正統な血筋ではないが、年が上ということで立太子した現皇太子《げんこうたいし》だ。

クラウスは皇帝と皇妃の一粒種だ。だが、皇帝は第一皇子を皇太子に推したので、次の皇帝となる可能性は低い。

それでも、母親が身分の高い出自の皇妃で、まだ健在であるというのは大きなアドバンテージだ。

それを皇太子が脅威に思い、汚れ仕事をさせているとしたら。

クラウスには従うしか道はないだろう。

ローゼリンデも愛妾の子だが、クラウスとも皇太子アベルとも仲が良いとは言えない。クラウスは孤立無援のように思える。

さて、どうするか。
エリザはこの映像は消去して、外に出さないでおこうと決めた。
クラウスを葬《ほうむ》り去るのは後味が悪すぎる。
でも消す前に、もう一度軍服のクラウスを見ておこう。
エリザは再生機能でクラウスの登場シーンを見た。
無表情で冷静に銃を撃ち、テロリストを始末する。銃をゴミ箱に投げるモーション。
見終わった後、もう一回見る。また見終わってももう一回再生する。
エリザの瞳は熱に浮かされたようになっていた。
カッコイイ。胸がドキドキする。
何回見ても、めちゃくちゃ恰好いい！
しつこく繰り返し見て、脳裏《のうり》に焼き付けてからようやく証拠を抹消した。
これで、先ほどのことは闇に葬り去った。今夜のことは、誰も知らない。
しかし、エリザの脳内には残されている。
エリザはぼんやり座りながらも、永遠にさっきのクラウスを脳内で再生していた。
「はぁ〜……っ、かっこいい。かっこいいよー……」
うわ言のように呟いては、顔を覆ったりベッドにダイブして転がったりしている。
人に見られたら確実に奇行と呼ばれるだろう。

もう寝よう、と目を瞑《つぶ》っても瞼《まぶた》の裏にはクラウスがいるし、胸がどきどきして眠れない。

長らくベッドでクラウスのことを考えていたらやっと眠気がやってきた。

まどろみながら、ふと思う。

挑戦状を送ってきた人物は、物凄い精度の予知が出来る魔術師だろう。

彼、もしくは彼女の目的は、クラウスを失脚させることだったのだろうか。エリザに知らせて、どうしてほしかったのだろう。

そんなことを思いながら、ようやく眠りについたのだった。

第二章

恋の自覚と秘宝

眠いが、眠いと感じない。

明け方まで眠れなかったのに、体は疲れを感じていない。

起きている間中、永遠にクラウスのことを考えていたからだろうか。

脳内ではクラウスのことを思いながらも、エリザは身支度を自動的に行った。朝食を食べ、毎朝のルーティンを無意識にこなしていく。

だが、あからさまに上の空だ。

学園内でもずっとクラウスのことを考えているので、授業も聞き流しぼーっとしていた。

いつものように色々ご注進があったりクラスメイトから話しかけられたりしたが、全部適当に返事をしていた。

昼休みにパビリオンでいつもの四人でランチをしている時も、クラウスのことしか考えられなかった。

皆が何かを言っていたが、ぼんやりとしたままうんうんと適当に頷《うなず》いていた。

正気に戻ったのは、アデリナに肩を掴《つか》まれてがくがくと揺さぶられたからだ。

「おい！　なんなんださっきから！　いい加減にしろ！」

「えっ、何、急に……」

「急にじゃないだろ！　ずっと話しかけてるのに！」

「あ、そう？」

「そう？　じゃねぇ！　朝からずっとボーっとしてはあはあハアハア溜息《ためいき》吐《つ》いてどうしたんだよ！　具合でも悪いのか」

「あ、うん。ちょっと、ボーっとしちゃって」

すぐにマリーナが額に手を当ててくれる。彼女の手のひらからふわりと爽やかでかつ温かな魔力が流れてきた。マリーナは回復や癒しの魔法の遣い手なのだ。

「どうかしら。楽になった？」

「あ、うん。大丈夫」

しかしすぐにまたボーっと思考がクラウスの元に戻ってしまう。

マリーナが目の前で手を振って呼びかけている。

「エリザ、ちゃんと見えてる？　気は確か？」

「うん、見えてるし気は確か」

上の空のまま答える。マリーナの表情が曇った。

心配させてしまったようだ。

「具合が悪いなら、ちゃんとお医者さまに診てもらった方が」

「治癒魔術師にかかるほどじゃないわよ」

エリザの家では医師ではなく、治癒魔術師にかかることになっている。これも保守派の伝統だ。

「疲れかしら？　体調が良くないなら、早退した方が」

「全然大丈夫。そんなに心配しないで」

軽く請け負っていると、ローゼリンデがいつもの発言をした。

「そんなにぼんやりして上の空なんて。恋でもしたの？」

普段のエリザならスルーしていた発言だった。

でも、ハッとして目を見開く。

そういえば、初恋はイオナイトの襲撃から護《まも》ってくれたジークフリードがとても恰好《かっこう》よくて好きになったのだった。

昨日も、イオナイトの構成員をクラウスが始末していた。

いやそれだと、イオナイトの構成員が始末される度にその人を好きになってしまうのでは？　そんなわけ……。

好き?!

クラウスは確かに恰好よかったけど、好きとか、まさか。

生まれた時から知っている相手で、もう十年近く婚約していて仲は冷え切っているのに、まさか今更好きとかそんなことある筈《はず》がない。

急に胸がどきどきしてきて、頭に血がのぼる。顔がカーッと熱くなってきた。

「え?! どうしたの、急に真っ赤になって。まさか、本当なの?! 恋なの?!」

ローゼリンデが瞳を輝かせて身を乗り出す。

「ち、違う！ 絶対違う！ これは違うの！」

「これは違うって何?! 何なの！ 吐きなさい！」

「いや違う、絶対違う！ そんなわけない！」

エリザは両手で顔を覆ってしまった。

アデリナが呟《つぶや》く。

「耳まで真っ赤なんだけど。心の機微《きび》に疎《うと》い私でも分かるわ。エリザ、男が出来ただろ」

「で、出来てない……」

「待って。そんなに問い詰めないであげて。話したくなったらエリザからきっと教えてくれるから」

優しいことを言ってくれるのは勿論《もちろん》、マリーナだ。

「マリーナ、ありがとう。ちょっと心の整理をするから待って……」

「心の整理なら、わらわが一緒にしてやる！ アデリナ、マリーナ。尋問を始めるぞ！」

「え、ちょっと待って。ほんとに待って……」

気分は被告人だ。

ローゼリンデはこういう時、俄然《がぜん》張り切るのだ。恋バナの予感に興奮しているのだろう。

取り囲まれ、三人掛けのソファの真ん中に座らされる。両脇をマリーナとアデリナが固め、ローゼリンデが目の前の一人掛けのソファに腰掛けた。

顎《あご》の下で指を組み、ローゼリンデが問いかけてくる。

「昨日、帰るまでは普通だったな、エリザ。ということは、昨日帰ってから今朝登校するまでの間に出会いがあったのだ。違うか？」

「そう、だけど……」

出会いというか、再会というか。

今更クラウスを好きになったとは言いづらい。

というか、もう好きと認めてしまっている。

そうだ、エリザは突如《とつじょ》恋に落ちてしまったのだ。自分の婚約者のクラウスに、今更惚《ほ》れてしまったのだ。

だが、相手がクラウスだなんて言えばその理由を詰問されるだろう。昨夜《ゆうべ》のこと、つまりクラウスが暗殺を請け負っているなんてことは、墓まで持っていくつもりだから絶対に明かせない。

つまり、クラウスのことは秘密にしたまま話さなければいけない。

適当に誤魔化《ごまか》そう。

エリザはそう決心した。

マリーナがそういえば、と口を開く。

「昨日、用があるって先に帰ったのよね。どこかに行ったの？」

「ちょっと、街に……」

家に帰ってそこから外出していなければ、出会いはない。街で会ったことにしよう。

ローゼリンデは無表情のまま鼻息を荒くする。

「街で出会ったのか！　どういう人?!」

「どういう……、どういう人だろう……」

「分からないのか？　会ったんだろう」

あの時のクラウスは冷酷無比で、非情で、賢く強くて、そしてかっこよかった。

思い出すと、じわじわ顔に熱が上がってにやけてしまう。

エリザはまた顔を覆って呻《うめ》いた。

「ああー……」

「こりゃ重症だな」

アデリナが呆《あき》れた声を出す。

「どういう男なんだ、見た目は?!」

「かっこよかった……」

「顔がいいのか？」

「なんか、悪い男って感じで……」

するとマリーナの心配指数が急上昇してしまった。

「エリザ、悪い人に惹《ひ》かれているの？」

「あ、ううん。そうじゃなくて。悪い人ではなくて……」

意外にも、助け舟を出したのはアデリナだった。

「なんとなく分かる。大体、お嬢さまはちょっと強引な悪い男に惹かれるんだよな。騎士団でもよく見るよ。真面目な奴より、そういうちょっと悪い奴の方が女に囲まれてんだよ」

「そう、かも……」

よく分からないが、とりあえず肯定しておく。

「うちの兄貴たち、強いし人はいいのに全然モテないんだよな。他の、口だけ上手《うま》い大したことのない騎士の方がモテる」

「…………」

アデリナの兄たちに会ったことはあるが、悪気なく初対面の女子の筋肉を褒め、筋トレを薦めるような人たちだ。エリザもふくらはぎの筋肉を褒められムッとした覚えがある。それがモテない原因ではなかろうか。だがそれは言わずにスルーしておく。

マリーナが話を引き取る。

「クラウス殿下《でんか》のことで、エリザは心労もあったでしょう。だから、好きな人が出来たのならいいのよ。でも、それで不幸せになるなら見逃せないわ」

「多分、大丈夫だと思う……」

そのクラウス殿下が好きなんだけど、とはどうしても口に出せない。

ローゼリンデが尋問を続ける。

「それで、出会いは？　どうやって会った？」

「えーっと……、助けてもらって……」

「ああー！　それはいい出会いだな！　暴漢から救ってもらったのか！　初恋の再来だ！」

ローゼリンデは大興奮だ。

エリザが曖昧《あいまい》に頷くと、アデリナが呆れたように言った。

「結局、お嬢さまはべたなのが好きなんだよなあ」

「アデリナ、言わないであげて。エリザが恥ずかしがるから」

マリーナがフォローしてくれるが、聞こえているし気遣われても恥ずかしい。

ローゼリンデが更に詰め寄る。

「それで？　相手の名前は？」

「いや……、知らない……」

「知らない？　聞かなかったのか？　他にはなんと？」

「いや……、喋《しゃべ》っては、いない、かな……」

これは本当だ。エリザは昨夜、クラウスと話をしていない。一方的に現場を見ていただけだからだ。


しかし、ローゼリンデはまた興奮した。

「なんと！　では助けた後、黙って立ち去ったのか！　それは惚れる！」

「いや待て。じゃあ何か。全然知らない相手を一方的に勝手に慕ってるだけの状態か？」

「恋というよりは、片思いね」

アデリナとマリーナが言っているのを聞いて、その線でいこうと思った。

だが暴走ローゼは止まらない。

「相手を探しに行こう！」

立ち上がったローゼリンデに、鋭く制止する。

「やめて！　迷惑だから！」

「迷惑じゃないかもしれないだろう」

「いやだめ。もう口出ししないで放っておいて！」

きつく言うと、ローゼリンデはしゅんとなってしまった。

「もう一度、相手と会いたくないのか？」

会おうと思ったらいつでも会える。

エリザはそうは言わずにローゼリンデを納得させようとした。

「私には婚約者がいるのよ。国と家の関係もめちゃくちゃになるでしょ。私はもう、何もする気はないから放っておいて」

「なんとかあの愚弟《ぐてい》との婚約を解消出来たらいいんだが」

その発言にエリザの顔色が変わった。

そうだ。今までは、なんとか婚約解消したいと愚痴をこぼしていた。生理的に無理とまで言っていた。マリーナに、婚約者の立場を代わらないかとすら持ちかけたりもしていた。

もし、マリーナがクラウスのことを好きになったらどうしよう。クラウスもきっと、マリーナを愛するに決まっている。

昨日までは本気で婚約解消したいと思っていたが、今日からは違うのだ。

けれど、この三人の友人たちは今もそうだと思い込んでいる。

急な心変わりをした自分が悪いのだが、三人が自分の為《ため》に婚約解消に向けて動き出したらどうしよう?!

「いや、それもやめて。私、このままでいいから」

「え……？　愚弟に虫唾《むしず》が走るから駆除したいと言っていただろう」

「そこまでは言ってない！　いやほんと、ごめん。ちょっとそっとしておいて……」

テンションが上がったり下がったりで本当に気分が悪くなってきた。

マリーナに寄り掛かると、また額に手を当ててくれる。気分が落ち着いてきた。

「エリザはどうしたいの？」

マリーナが優しく尋ねてくれる。

エリザは心のままに口にした。

「私はこのままで居たい。状況を変えたくないの」

「昨日までと言ってることが全然違う！　何としても状況を変えたいって言ってたのに！」

ローゼリンデが怒ったように言うのも無理はない。一日で真逆のことを言うからだ。

「いや……、色々考えたらそういう結論になって……」

「その方がエリザの為になるのか。なら仕方ないが」

納得は出来ないが渋々頷こうとするローゼリンデに、アデリナは忠告する。

「なんにせよ、婚約解消は簡単には出来ないんだ。ローゼ、余計なことは言うなよ」

「わらわは別に……」

「波風立てる為に、クラウスにわざわざ何か言いに行きそうだろ。黙ってる方がいい」

流石《さすが》、ローゼのことを知り尽くしている護衛騎士アデリナだ。

その忠告はエリザにとってありがたかった。

クラウスに『お前の婚約者、別に好きな人が居るってよ』などと告げ口されてはたまらない。

そう思っていると、背後から突然皮肉げな声がした。

「誰に何を黙ってるって？」

心臓が跳ねあがった。見なくても分かる。

クラウスだ。

感知魔術は発動していた筈だが、議論が白熱しすぎて気付けなかった。

エリザは動揺しながら傍《かたわ》らに置いていた詩集を開いた。

クラウスの方を見られない。

マリーナがそっと声をかけてくれた。

「本が逆よ」

サッと持ちなおしたが、文字が全然頭に入ってこない。全神経が背後のクラウスの方に集中している。

なのに、顔をあげて彼の姿を見られない。心臓が痛いくらいに鳴り響いている。

ローゼリンデが先に声をかけた。

「愚弟よ、また女連れで来たか。少しはエリザを気遣えばどうだ。お前の婚約者だぞ」

直視できていないが、どうやらまたラウラを連れてきているらしい。任務の一環なので仕方ないだろう。

「勿論、婚約者殿には最大限気遣っている。言われた通り、金《きん》の女鹿亭《めじかてい》の清算はしてきた。これで満足だろ」

はわわ、と言ってしまいそうになって唇を閉じる。

エリザが余計なことを言ったせいで、クラウスは皇宮から夜半に外出する理由と、拠点を一つ失ってしまったのだ。

本当は、夜遊びではなく任務で行っているだけなのに。申し訳ないことをしてしまった。

今や、頭がガンガンするほど心臓がどくどくと鳴っていた。

ローゼリンデが眉を吊《つ》り上《あ》げて怒った。

「そもそも、そんなことを婚約者に注意させるのも、報告するのも間違っておる。エリザへの気遣いと思いやりが一切ないではないか！」

それも仕方がない。任務のことは絶対に秘密にしなければいけないのだろう。きっと皇太子《こうたいし》アベルに命じられて、クラウスは『夜遊びをする為に皇宮から出歩く気楽な第二皇子』という役割を演じきらなければいけないのだ。

エリザは意を決して視線をあげた。

しかし、クラウスを真っすぐに見ることは出来ない。視点をぼやかすという器用なことをして、声を出した。

「クラウス殿下。先日は差し出口を挟《はさ》み申し訳ございませんでした。殿下におかれましては、気晴らしも必要でございましょう。これからは、うるさ方は私が抑えますので、気兼ねなくお出かけくださいませ」

「はあ？　お前、俺に娼館通いを薦めてるってことか」

「はい」

「……！」

クラウスが睨《にら》みつけている気配がする。視線が痛い。

しかし、元々エリザが余計なことを言わなければ、クラウスはその娼館を使い続けていたのだ。

これが正解な気がする。

突如、ローゼリンデが笑い声をあげた。

「ははは！　愚弟よ、ついに見限られたな。お前が何をしようが、エリザには関係ないとな」

「ローゼリンデ殿下、そのようなことはございませんから」

ひーん、余計なこと言わないでローゼ！　ほんとお願い。マリーナ助けて〜。

救いを求める目で見ると、マリーナはすぐ分かってくれた。

一つ頷いて、優美に立ち上がる。

「皆さん、もう行きましょう」

ほっ。とりあえず逃げよう。

そう思ったが、また来ていたラウラがエリザの前に立ちふさがった。

「待ってください。クラウス先輩への態度、酷《ひど》くありませんか？　いくら婚約者だからって、エリザ先輩の言い方には思いやりがありません！」

エリザは無視しようとしたが、マリーナはいつもの優しい笑みを浮かべたまま言い放った。

「お下がりなさい」

優しい声だったが、お前ごときが口を出すなという意味合いを色濃く含んでいた。

流石のラウラも気圧《けお》されて道を開ける。

やっぱりマリーナはすごい。でも、マリーナにマナーを無視させる言動をさせてしまった。

歩きながら、小さく謝る。

「ごめんね、マリーナ。嫌なこと言わせちゃって」

「ううん。少し目に余ってたから、私も我慢できなくなったの」

それはきっと嘘《うそ》だ。マリーナは自分のことだけなら黙っていられる。

エリザが侮辱《ぶじょく》されたと感じたから、汚れ役を買って出てくれたのだ。

「ありがとう、マリーナ」

「どういたしまして」

にっこり微笑《ほほえ》んでくれるマリーナは、やはり優しい。その優しさに触れたことが、嬉しかった。

同時に、後ろに居るであろうクラウスのことが気になって仕方がない。さりげなく、ちらりと背後を確認するとじっと睨んでいるように見えた。

エリザは慌てて視線を逸《そ》らし、逃げるように教室に向かったのだった。

その日以降、クラウスはエリザの言葉に素直に従い、金の女鹿亭通いを再開したらしい。学生の身でおおっぴらに娼館通いをするという不品行さは、まあまあ学園内で噂《うわさ》になっている。エリザもご注進に対して『その件に関してはもう結構』と言うようになった。

新聞には最近、イオナイトが内部抗争により死者を出していると載っていた。おそらくクラウスのひそかな功績なのだろう。

皆が奔放《ほんぽう》な第二皇子に眉をひそめている状態で、クラウスに味方は居ないように思える。誰か、他にもクラウスの本当の目的を分かってくれている人がいればいいのに。

でもそれは裏の務めのことまで知っていなきゃいけない訳で、相当に危険なことだ。エリザだって実家が強いから落ち着いていられるのであって、ごく普通の貴族程度では危ない。

エリザは出来るだけ、自分は気にしていないし彼には息抜きも必要だからとどっしり構えているよう見せた。エリザが騒ぎ立てないことで、表立ってクラウスを非難する人は出てこない。

せめて彼が後ろから撃たれるようなことがないよう、危険な任務を心配しつつも様子を見ていたい。

クラウスを表だって批判する人は居ないが、エリザを批判する者は居た。

ラウラだ。

何故《なぜ》か、彼女は『娼館通いを薦められて、クラウスさまはお可哀想《かわいそう》』という謎《なぞ》理論を展開していた。普通なら、薦められたからといって娼館に通う方が悪いと思う。

もし、エリザが何も知らない状態でそんなことを言われたら、どうにかしてラウラを排除しようと計画していただろう。

だが、クラウスの任務遂行の為に、ラウラにはクラウスの傍《そば》に居てもらわないといけない。

だからエリザは、それも黙殺していた。

代わりに怒っているのがローゼリンデだ。

ローゼリンデはラウラの言動に頭に来ているし、半分血のつながった弟にもイライラしている。

「まったく、なんなんだあの二人は！」

最近、パビリオンでの話題はラウラとクラウスについての文句ばかりだった。

流石に毎日だと、エリザも気が滅入《めい》る。

アデリナも彼らの行動に眉をしかめているし、優しいマリーナもエリザを気遣ってくれている。

「またその話？　もういいじゃない。しばらく静観しましょ」

そう促《うなが》すのだが、熱くなったローゼリンデは聞かない。

「あの女、クラウスの娼館通いがエリザのせいだと非難しながら、学園内ではちゃっかりクラウスの傍に居るのだぞ！　いい加減腹《はら》が煮える」

「放っておけばいいのよ」

「あの愚弟も、何故そこまで女を見る目がない。あいつの目は節穴《ふしあな》か！」

クラウスは必要があって娼館にも行っているのだし、ラウラの傍に居る。そう言いたいが、言う訳にはいかない。溜息が出る。

「はぁ……」

「この間なぞ、口紅をべたべたと体やシャツに付けたまま登校しておったのだぞ。娼館から直接通学したのだろう。なんたる品性下劣か」

「っ……」

いくら任務に必要だから通っているといえど、クラウスが娼館に居たら娼婦の方が放っておかないだろう。仮にも皇族。そしてあの顔の良さだ。水晶玉で覗《のぞ》いた時は帰って課題をすると言っていたが、今ではそのまま泊まって女を抱いているのかもしれない。

そう思うと、胸が痛んだ。

笑えることに、今まで彼が何をしようと関係ないと放っておいたのに、今やクラウスがそういうことをしているのではないかと疑うだけで嫉妬してしまっていた。

恋というのは厄介なもので、好きという良い感情だけで完結しないのだ。それにまつわる、苦い思いや辛《つら》い思いがたくさんある。クラウスに一方的に恋している状態であるエリザは、苦く辛い思いの方が多かった。

また、昼休憩の後半にはクラウスはいつも、ラウラを連れてこのパビリオンにやってくる。

最近のラウラとクラウスはぴったりとくっついて、いつもイチャイチャしている。

目的があってのことと分かっていても、気落ちしている今日は二人の姿を見たくなかった。感情が揺らいで、何かあれば泣いてしまいそうだ。

貴族の令嬢として、感情的になるなんていけないことだ。いつも落ち着いて、理知的でいなければ。人前で泣くなど、もってのほかだ。

「……今日はもう行くわ」

あまり手をつけていないランチボックスの蓋《ふた》を閉じ、エリザは立ち上がる。

するとマリーナも立ち上がって、一緒に来ようとしてくれた。

「私も行くわ」

「いいの、少し一人になりたいから」

アデリナもいつもの能天気さをひそめて心配そうに言う。

「エリザ、ほとんど食べてないだろ。せめて持ってきた分は食べろよ」

「あまり、食欲がなくて」

するとローゼリンデがまた怒る。

「それだって、クラウスとあの女のせいだ！　エリザは何も悪くないのに、エリザだけが辛い目にあってる！」

エリザは苦笑した。

何も悪くない、というのは間違っている。結局、人は今までしたことが返ってくるのだ。

エリザはクラウスの表面だけを見て嘲笑《ちょうしょう》し、嫌味を言い、無視していた。

そして、真実を知ったら手のひらを返し好意を抱いた。だがその時にはもう、クラウスとの関係は冷え切っていてエリザにはどうやって近づけばいいかさえ分からない。

人は勝手なものだ。好きになったら近づきたい、嫌いなら離れたいと思うものなのだから。

今エリザが辛いのは、クラウスのことを好きになったからだ。もう恋なんてしたくなかったのに。

でも、だからといって好きという気持ちは捨てられない。

エリザは一人、パビリオンを出て校舎に向かった。途中、クラウスたちに出会わなかったことにホッとする。目の前でラウラといちゃつかれるのは、今はとてもキツい。

一人で静かに過ごすには、やはり図書館だろうか。

図書館の自習コーナーにはパーテーションで区切られた机が並んでいて、半個室のようになっている。私語は禁止なので誰も話していないし、今のような昼休みだと人も少ない。

そこに向かおうと歩いていると、背後から声をかけられた。

「おい」

振り向かなくても分かる。クラウスだ。

「……何か御用でしょうか」

隣にラウラは居るのだろうか。確認したくなくて、前を向いたまま返事をした。

「この間、俺に何も言うな、秘密にしておけといった話をしていただろう。あれはなんの話だ」

「そんなこと、ございましたか？」

「とぼけるな」

「さあ、私にはなんとも覚えがございません」

心の中で、ローゼリンデとアデリナを締め上げていた。余計なことを言うから、こんなことになる。

しらを切り、記憶にございませんを連発するしかない。そう思っていると、クラウスは長い脚を活《い》かして前に回り込んできた。

「婚約解消がどうとか、とも聞こえた」

そこも聞いていたか。しかし、今のエリザにはその気はないし、とぼけ通すしかない。

「そのようなことは決して……」

すると突然、クラウスはエリザの手首を摑んで引いた。二人の距離が、唇が触れそうなほどに縮まる。

「いいか。お前らが何を画策《かくさく》しようが、婚約は絶対解消されない。お前は俺の妃《きさき》になるんだ。そこをちゃんと、心に刻んでおくんだな。分かったか」

なんという横暴なセリフなんだろう。少し前だったら鼻で笑っていたかもしれない。しかし今のエリザには強すぎる刺激だった。しかし。

「……っ！」

彼に引き寄せられ一瞬、どうしようもなく胸が高鳴った。けれどエリザの目は、クラウスの首筋に釘付《くぎづ》けになっていた。

そこにはくっきりと、キスマークがついていた。

抱いた娼婦が付けたのだろう。

見たこともない女が彼に抱き着いているのを想像してしまう。心がぎゅっと痛くなった。

どうしてこんな人を好きになったんだろう、早くまた嫌いになりたいとネガティブな気持ちで胸がいっぱいになる。

エリザが何を見ているのか、クラウスも気付いたようだ。

ニヤッと笑って自慢げに言う。

「お前が遠慮なく通えと言った、金の女鹿亭の名残《なごり》だ」

「……殿下。私とて心があるのです。通うのはご自由になさって結構ですが、跡を見せつけるのはあまりに配慮がないというもの」

感情を抑え毅然《きぜん》として言うと、クラウスは意外そうに美しい眉を片方上げる。

「お前は気にもしないと思っていたが。俺に無関心で、見限ったのだろう」

「婚約者がこのような跡を付けて、気にしない女は居ないでしょう。とても惨《みじ》めです。……いえ、また差し出がましいことを申しました。どうぞご随意に」

嫉妬で感情がぐちゃぐちゃになりそうだった。このままじゃクラウスの前で取り乱してしまう。既に泣きそうだ。

早く図書館に行こう。

手を放してもらおうと引っ張るが、クラウスは手首を摑んだままだった。

「これは、ふざけて付けられただけだ。でも、お前に見せつけてやろうと、わざと見せにきた。反応が知りたかったんだ。いつも、俺を見ても無関心だから、どうすればこっちを見るのか、試すようなことばかりしてしまう」

「それは……、ではご満足いただけましたか」

クラウスは、エリザを傷つけたいのだろう。今までのエリザとの関係性を考えれば当然だ。けれど今のエリザは、彼の思った以上に心が傷ついてしまう。とにかく手を放してもらおうと、ぐいぐいと力をこめて引っ張る。

彼はエリザの前では珍しく、にやにや笑いをやめて言った。

「エリザが嫌ならやめる」

「……やめてほしいです」

「分かった。もう当てつけのようなことはしない。それに、金の女鹿亭通いも。詳細は言えないが、理由あってのことだ。時期がくれば終わる」

「……！」

クラウスが、言えない任務のことをぼやかしながらも明かしてくれている。

知らせられる範囲で教えてくれているのだ。

エリザの心は急浮上した。今度は嬉しくて涙が出そうになる。

クラウスは真剣に、真っすぐに視線をこちらに向けて続けた。

「ただの言い訳と思われるかもしれないが、遊んでいるわけじゃないんだ。だから、何も聞かず、待っていてほしい」

「分かりました」

きっぱりとしたエリザの返事に、クラウスが目を見開く。

「本当か」

「はい。貴方《あなた》を信じます」

クラウスが、息を呑《の》んだ。そして瞬《まばた》いてから、瞳を輝かせた。

「信じてくれるのか」

「はい」

「エリザ……」

手首はまだ掴まれたままだ。

エリザはクラウスの青い瞳に釘付けだった。こんなに近くで彼の瞳を見たことはない。三白眼《さんぱくがん》に煌《きら》めく青の瞳が美しかった。

その瞳が近づいてくる。

エリザはぼうっとしたまま、クラウスに釘付けになっている。

「せんぱーい！　クラウス先輩！　探しましたよー！　突然行っちゃうんだから」

急に背後からラウラの声が聞こえて、エリザは飛び上がった。

正気に戻って、パッとクラウスから距離を取る。もう手首は放されていた。

「……では、ごきげんよう」

取って付けたように挨拶をして、そそくさと立ち去る。

胸が激しくどきどきしていた。

クラウスが少し歩み寄りの姿勢を見せただけで、エリザは舞い上がってしまった。

『何も聞かず、待っていてほしい』

小走りに廊下を行きながら、さっきの会話と彼の瞳を何度も思い返す。

クラウスは、秘密があるということを明かしてくれた。それが嬉しくて仕方がない。我ながら単純すぎて、馬鹿だと思う。

やはり恋は馬鹿になってしまうのだ。

昼休憩後のエリザはふわふわと浮かれていた。久しぶりに、幸せな気持ちだった。

「エリザ。夕食は外で食べないか？」

浮かれたまま帰宅すると、兄のフリードに食事に誘われた。

そういえば、最近食欲がなかったし今日の昼もほとんど食べ損ねた。

でも悩み事が半減した今、とてもお腹《なか》が減っている。

エリザは誘いに応じることにした。外出用のドレスに着替え、久しぶりに兄妹《きょうだい》水入らずの食事をする為に馬車に乗って出掛けた。

家族ぐるみで利用している高級レストランは、いつもながら雰囲気も味も良かった。

「最近はどうだ」

「お兄さまこそ。マリーナに連絡は取ってますの」

兄のフリードは、男版のエリザだ。黒髪のサラサラとしたストレートショートヘアに、切れ長の茶色の瞳と、外見もエリザに似ているが、中身は瓜二《うりふた》つと言ってもいい。ヴァイカート家の教育方針通り、品位と理知を叩《たた》きこまれ、高慢で気位の高い貴人そのものだ。

一流の品を身にまとい、一般庶民には入りにくいレストランの個室を当然のように使い、料理やサービスにもうるさい。その代わり、審美眼を持ち気に入った物には気前よく代金を支払う。それが貴族だ。

フリードはワイングラスを揺らし、事もなげに言う。

「アドルング家の娘と婚姻しても、特にうま味はない。今は互いに、他の政略をねじ込まれないよう利用しあっているだけだ」

「じゃあ、他に条件のいい人が居るってなったら、婚約解消して次の人とまた婚約ってわけ？」

「そうだ」

何故あのマリーナを見て心奪われないのだろう。そこが不思議だった。

「あんなに可愛《かわい》くて優しいのに」

「美しさはいずれ劣化する。優しさはヴァイカート家において美徳ではない」

「まー、偉そうに。お兄さまだって大したことないくせに」

エリザは絶世の美女ではないが、それに似ているフリードだって絶世の美男子ではないのだ。その辺りを冷静にジャッジしたのだが、兄はこともなげに答えた。

「俺自身が大したことはなくとも、ヴァイカート家の嫡男《ちゃくなん》というのが大している」

「お祖父《じい》さまもまだまだ長生きしそうだし、お父さまも長生きしたら、お兄さまの当主の座は死ぬまでやってこないかもよ」

「それでも構わない」

この男も恋を知らないのだろう。だから余裕ぶって冷静でいられるのだ。

いつか、妻に出来ない人を好きになって悶《もだ》え苦しめばいいのに。エリザはそんなことを思った。

エリザの呪いを知ってか知らずか、フリードは話を始めた。

「お前は婚約者の不貞に思い悩む性質《たち》ではないだろうが、最近沈みがちだったではないか」

それを聞きたくて食事に誘ったのだろうか。あまりに人間味がある行動で、兄らしくないと思う。

他にもっと、目的がありそうだ。

エリザはその目的に当たりを付けながらも、メインの肉を切り分けて返事をする。

「不貞に思い悩んだのではなく、学園内でのごたごたにどう手を付ければいいかと考えてたのよ。でも、もう解決したわ。ん、美味《おい》しい」

遠慮なく食事を頂く。久しぶりに食べる高級レストランの味は、間違いなかった。

「気晴らしに、俺の友人を紹介しよう」

「は？」

フリードの言葉を合図にしたように、個室の扉が開かれ、若い男が入ってくる。

薄茶色の髪に青い瞳の、人が良さそうな男性だった。

「パール宮中伯《きゅうちゅうはく》の子息である、エドガーだ。彼は我らが学園の卒業生でもある。相談ごとがあるなら、するといい」

「もう解決した、というのが聞こえませんでした？」

一体どういうつもりなのか分からないが、兄が男を紹介してきた。気晴らしとはどういう意味だ。

鋭い視線を送るが、エドガーは気おくれした様子もなく空いている席に着いた。

「初めまして、エドガーです。懐かしいな、学園の話は」

エリザが状況を呑み込めないうちに、遅れて彼用の食事が運ばれてきて、三人で学園の話などをして会話の取っ掛かりとする。

どうやら、エドガーは皇宮で魔術研究をしている研究員らしい。学園を卒業してからの進路としてはまあまあだ。

そして話を聞くに、ガチガチの保守派。科学を排除し、魔道具でそれに代わる社会を作りたいらしい。反保守組織のイオナイトとは真逆の思想だ。

どっちにしても、極端なのは危険だとエリザは感じる。どちらのいいところも取り入れて臨機応変に立ち回ればいいのに。クラウスのように。

彼のことを思い出したら、ふいに胸がどきどきしてきた。

今日、少しだけど話せて嬉しかった。それに、誰にも言えない秘密の片鱗《へんりん》をちらりと見せてくれた。あれは、自分に歩み寄ってくれたのだろうか。

今までなら、エリザは態度が悪く彼の話など聞く耳も持たなかった。クラウスだってエリザに話なんてしようとしなかっただろう。

少しは、二人の関係が変化したような気がする。

また、話せたらいいな。

人は欲深いもので、現状に満足できない。もっと、もっとと更に求めてしまう。

食後の紅茶を飲みながらぼんやりとクラウスのことを考えていると突如、気になる単語が耳に飛び込んできた。

「全く、イオナイトの内輪《うちわ》揉《も》めのせいで多忙になるのはやりきれませんよ」

「……！」

思わぬところでイオナイトの話を聞いた。

新聞にも載っていた、イオナイトの被害のことを言っているのだろう。

銃による殺傷のため、内部抗争と表向きにはとらえられている。だが本当はクラウスたちの尽力によるものだと、理解していた。

エリザが反応したのを見て、エドガーは話を止めた。

「エリザ嬢には刺激が強すぎる話題だったかな」

「いいえ。私もイオナイトには恨みがありますもの。是非お伺いしたいわ」

「ほう」

「脅迫状はいまだに届いていますし、実際襲撃を受けて、銃を撃ち込まれたこともあります。幸い、我が騎士団は有能で全て防いでくれましたが」

「私は最近、銃を研究しているのですよ。魔術を信奉しながら、科学の道具を調べなければいけないというのは皮肉なものですが」

俄然興味が湧いてきたエリザは姿勢を改め、背筋を伸ばす。

「魔術による銃の研究ですか」

「ええ。今までは、銃は撃っても痕跡が残らない便利な道具だということになっていました。だからイオナイトの連中が銃を使って襲撃をし、捕らえられても、自分は銃など撃っていないとしらを切ることがまかり通っていた」

「では、痕跡が分かるようになったのですか」

「まだ研究段階ですが。魔法痕は魔力の痕跡をたどれば使用者が分かる。銃については使用者に痕跡が残るのではないかという説に至りました」

エリザは内心、ヒヤリとした。

それでは、銃を使用したクラウスにも何らかの痕跡が残っているのだろうか。

「犯人を調べて、その人物に痕跡があれば銃を使っていたと分かると、そういうことでしょうか」

エリザの問いに、エドガーは自慢げに語り始めた。

「流石理解がお早い。銃を発砲すると、匂いだけでなく、目には見えない細かな火薬の成分が衣服や体につくのです。皇国の科学では、それを特定する技術はない。しかし、魔術で追跡すればあるいは」

「流石ですわ。素晴らしいお仕事をされておりますのね」

これはお世辞抜きで言った台詞《せりふ》だった。エドガーは誇らしげに胸を反らした。

「そんなに褒められると、面映《おもは》ゆいですが嬉しいものですね」

「是非、イオナイトや犯罪組織を断罪する研究を進めてほしいですわ」

褒めたら研究の詳細を話してくれるかと思ったのだが、その後はエドガーの自慢話に終始した。

それはつまらない。

エリザは適当に対応し、頃合《ころあ》いを見計らってそろそろ、と帰宅を申し出た。

するとフリードが言った。

「俺はシガールームに行ってくる。馬車までエドガーに送ってもらえ」

「は？」

仮にも婚約者がいる令嬢を、男と二人きりにしてどうする。

エドガーは見るからにそわそわとして、エスコート用の腕を差し出している。

おそらく、フリードは何らかの利益を享受して、エドガーにこのような振る舞いを許しているといったところだろう。

許せん。あとで締め上げる。

エリザはエドガーを無視して一人で歩きだした。

隣に付いてくるエドガーに、少し聞いてみたいことはあった。

「イオナイトを壊滅させるには、どうすればいいと思いますか」

「壊滅ですか。それは現実的ではないでしょう」

「難しいですか」

「きちんと構成された、明確な組織ではないのです。たとえ主なメンバーを拘束したところで、別の者たちが各々活動し襲撃事件を起こす。こちらはそれを防衛するしかありません」

「そう、ですか」

でもエリザは、イオナイトの組織を壊滅させようと頑張っている人を知っている。なんとかして彼の任務を終わらせることは出来ないだろうか。

車寄せに着いて、馬車を待っている間、エドガーは明らかにそわそわしていた。わざと距離を置いて立っているが、ちらちらと見てくる視線がうるさい。

「それで？　私になにかお話でもあるのですか」

一応話を振ってみる。するとエドガーはぱっと表情を輝かせ、しかし緊張した様子でエリザに向き直った。

「あ、ええ。エリザ嬢、どうか私と結婚を前提にお付き合いしていただけないでしょうか」

予想以上に身の程知らずの図々しい申し出に、生理的嫌悪を感じた。何らかの便宜《べんぎ》を図ってほしいといった願い程度だと考えていたのだ。エリザは鼻で笑うのを堪《こら》えて返事をした。

「婚約者のいる身である私が、どうして交際できましょう」

「しかし、クラウス殿下は不特定多数の女性と付き合いのある放蕩《ほうとう》皇子。毎日夜遊びをして皇宮を抜け出しているとか。私はそんな男から、貴女《あなた》を救い出したいのです、エリザ」

急な呼び捨てに、ますます不快な気持ちになる。

もし、エリザがクラウスを好きでなかった時にこの申し出を受けたら、どう答えていただろうか。

いやそれでも、ないだろう。

ヴァイカート家の当主が悲願とする皇子との婚姻を、勝手に取りやめられるわけがない。向こうが申し出てくるならともかく、家臣であるこちらからは無理だ。

「このことは、当主であるお祖父さまに報告いたします。兄をきつく叱責していただかないと」

エリザが踵《きびす》を返すと、エドガーは焦ったように叫んだ。

「そんな！　よく考えてくれ。私のように魔術を信奉し、伝統を大切にする保守主義こそが、ヴァイカート家に相応《ふさわ》しいだろう」

「でしたら、その旨お祖父さまに伝えたらどうです」

「取り次いでくれるのか?!」

「ご自分の力でどうぞ」

「いいか、これは君の為にもなる話なんだ！」

大声で話しながら、だんだん近づいてくる。近い。

手を取られそうになってゾッとする。

「離れなさい！」

「聞いてくれ、エリザ。聞くんだ！」

「男と二人きりで夜に出歩くなど、我が婚約者殿は身持ちが悪い」

突然、クラウスの声が聞こえた。

ハッとして振り返ると、クラウスがすぐ近くに立っていた。以前、水晶玉越しに見たカッチリした軍服だ。表情も険しい。

街灯に照らされた麗《うるわ》しい姿に、思わず見惚れそうになる。しかし、その前に言っておかなければいけないことはある。

「それ、貴方が言いますの」

いくら好きでも、何でも言いなりというのは違う。突っ込んでおかなければいけない。すると不愉快そうにクラウスはエリザとエドガーを睨みつけた。

エドガーが喘《あえ》ぐように言った。

「ク、クラウス皇子殿下……」

「そうだが」

「…………」

エドガーは黙りこんでしまった。

さっきまでクラウスのことを思いっきり悪く言っていたくせに、本人を目の前にしたらこんなものだ。

エリザはエドガーを侮蔑した。研究者としては有能かもしれないが、人間的には全く尊敬出来ない男だ。

だが、良い情報は知れた。それに、ここに偶然クラウスが居るのも僥倖《ぎょうこう》だ。

「エドガーさま、今日はありがとうございました。貴方の研究、とても興味深いものでしたわ」

言葉だけは礼儀正しく、冷淡な声でそれとなく情報を伝える。エドガーに勘違いをさせず、クラウスに話を聞かせるにはこれが良いだろう。

だがエドガーはその意図に気付かず、話しかけられただけで期待を込めた視線を向けてくる。

「あ、ああ」

「特に、銃にも魔法痕のように使用した者が分かる痕跡が残るということ。初めて知れてとても勉強になりました」

視界の端にいるクラウスは微動だにしないが、確かに聞こえただろう。きっと有益な情報の筈である。少しは彼の為になれただろうか。

それにしても動揺を一切出さないのはすごい。やっぱりクラウスはすごい。かっこいい。

「それほど褒められると、嬉しいよ」

やはりエドガーは愚鈍で、貴族社会でまともにやっていけなそうだとエリザは判断した。嬉しそうにしているが、顔を向けるのも煩《わずら》わしい。馬車が近づいてきているので、そちらに目をやる。

するとクラウスがエリザに近づいて言った。

「おい、何か言うことはないのか」

「その軍服、とてもお似合いですわね」

「は？」

「はぁ……」

クラウスがぽかんとしている間に、馬車に乗り込んだ。

馬車が走り出したのを確認してから、エリザは思わず両手で顔を覆った。

本当に、本当にクラウスは恰好良かった。感動の溜息しか出てこない。あの水晶玉の映像で見ても恰好良かったが、実物を肉眼で見た軍服のクラウスは言葉に出来ないほど素敵だった。胸が高鳴って、ドキドキが収まらない。

しかし、素敵、かっこいいとひたすら思い返していたエリザは気付かなかった。

クラウスの言った「何か言うこと」は、夜半に男と二人きりで居たことに対する申し開きがあるならしろという意味合いであって、クラウスの恰好に対する感想では無かったということに。


エリザは帰ってすぐ、ヴァイカート家当主である祖父にさっきあったことを書面にしたため、執事に渡して提出した。

夜遅くに彼の部屋に訪問することは、家族といえど許されていないのだ。

そして翌朝、エリザと兄のフリードは祖父の前に出頭させられた。

年齢を重ねて更に威厳がたっぷりある祖父は、七十歳くらいだっただろうか。特に豪華な服装でもなく、ごく普通の貴人としてのジャケットとブラウスの姿でも自然と頭《こうべ》を垂れたくなるような雰囲気をまとっている。年齢に相応しい皺《しわ》のある顔だが、いまだ若々しく艶《つや》がある。

厳格な当主である祖父のことは、昔から怖かった。

だが、今のエリザなら言いたいことを言うくらいは出来る。

エリザは書面通りのことを、訴えた。

「兄に食事に誘われて行ったら、宮中伯の子息に引き合わされ、その男と二人きりにされました。彼には交際を申し込まれ、断ると怒鳴ってきました。人間的に未熟でとてもヴァイカート家に釣り合う人格の持ち主ではありません。このような男に引き合わせた兄には怒りを抱いています」

「ふむ。フリード、お前からは何かあるか」

それを聞いた祖父は、フリードに申し開きをさせる。

するとフリードは無表情のまま、淡々と説明を始めた。

「エドガーは魔術省の技術者という立場から、宝物庫の様々な秘宝を手にすることが出来ます。我がヴァイカート家の失われし秘宝、ブリリアントハートでさえ」

「何……！」

祖父が珍しく感情を見せた。普段は冷静で表情一つ変えないのに、どうしたのだろう。

ブリリアントハート。エリザには聞き覚えのない秘宝の名前だった。

怪訝《けげん》な顔をするエリザにフリードが説明する。

「我々にとっては曽祖母《そうそぼ》、お祖父さまにとって母上に当たる方の持っていた宝石だ。当時、強引に皇家に石を召し上げられてしまい、その後所在不明になっていた。お祖父さまはご存じだが、使用者が魔力を込めると身に付けた者は嘘をつけなくなる、という効果があるとか」

「それが本当なら、尋問なんかに適しているわね」

エリザが口を挟むと、フリードが頷いた。

「だが皇家による研究の結果、表層心理のみしか自白させられないと分かった。訓練を受けた密偵は深層心理と表層心理で別のことを考えるなど簡単に出来る。皇家はブリリアントハートを曽祖母から無理やり奪って献上させたくせに、長年倉庫に放り込み返還もしなかった。それを発見したのがエドガーだ。彼には食事に招く代わりに、持ち出し手続きをさせた」

フリードがいかにも訳ありな様子で胸ポケットをジャケットの上から撫《な》でる。もしや、既にそこにブリリアントハートがあるのだろうか。

しかし、エリザにだって言い分はある。

「だからと言って、勝手に私をだしに使うのは道理に外れているでしょう」

「我が妹君なら、簡単にあしらえると思っていた。それを相手が激高するまでやりこめるとは、お前の態度に問題があるのではないか」

フリードがうそぶいた。これには怒りの限界突破だ。エリザは冷たい声を出した。

「その言葉を通すなら、二度と兄と呼ぶことはありませんわ」

これからは血縁と思わず、受けた恨みを忘れず、攻撃するということだ。受けた屈辱をそのままにしておくことはヴァイカート家の名折れ。その辺りは血を色濃く引いているエリザなのだ。フリードは顔色一つ変えず口を開いた。

「では訂正しよう。エリザの実力ならば、簡単にあしらえると思っていた。それから、クラウス皇子殿下にもこの件は伝えてあった」

クラウスがずいぶんタイミングよく現れたと思ったが、それはフリードが知らせていたからか。

それにしたって、クラウスは色々忙しいのに余計なことに巻き込まれて迷惑でしかないだろう。

「多忙な殿下を煩わせるなど、更に許し難《がた》い行為です。もっと別の手もあったでしょうに、己の労力を厭《いと》い私と殿下を巻き込むなど。貴方こそ、やり方に問題があるのでは」

「……そこまで。フリード、謝罪を」

祖父が制止して、幕を引こうとしている。フリードは素直に応じた。

「申し訳なかった」

「許しません」

エリザは簡潔に答えた。

祖父が目を細めて言う。

「ならば、どうフリードを裁く」

「ブリリアントハートを私へ。そうすれば、謝罪を受け入れましょう」

すると今まで涼しい顔をしていたフリードが目を瞠《みは》る。

「馬鹿な！　曽《ひい》お祖母《ばあ》さまの形見で、お祖父さまが探し求めていた至宝だぞ。何故お前なんかに」

「表層心理にしか効かない自白魔法の類《たぐい》なら、他にも存在します。その程度の魔道具も、いくらでもあります。その中で至宝と伝わっているということは、そうではないかもしれない」

「つまり？」

祖父の問いにエリザは恭《うやうや》しく答えた。

「本当は深層心理にまで届くけれど、使いこなしていないだけなのではないでしょうか。それを、私が解明いたします」

皇家はそれを知っていて奪い取り、使いこなすことが出来なかったから放置したのではないだろうか。その謎を解き明かすとの申し出に、祖父は首を縦に振った。

「面白い。やってみろ」

「ありがとうございます、お祖父さま」

認められたのは、エリザの方という訳だ。

苦虫を嚙《か》み潰したような表情で、フリードが胸ポケットから宝石箱を取り出した。ベロア生地に覆われた、古めかしく重厚な宝石箱だ。手渡されたそれを開けると、透明なハート形の大粒な宝石が輝いていた。

謎に包まれた、人の心を暴くことのできる秘宝。

エリザは目を細め、それを慎重に取り扱うべく自室に戻ったのだった。

その日以来、エリザは寝食を忘れてブリリアントハートの研究に取り組んだ。

魔道具である以上、魔力を与えることによって稼働する筈だ。何度も魔力を流したし、常に身に着けるなど考え付くことは全て試した。物理的な刺激を与えてみることさえやってみた。力を込めて握る、冷水に浸《つ》ける、お湯で温めるなどだ。しかし、こんな誰にでも考えつくことで動くなら、とっくに皇国の研究所で解明されていただろう。

家の書庫、図書館、魔術学の研究室の論文と様々な文献を読み漁《あさ》ってもみた。しかし、分からない。

ヴァイカート家の密偵を実験台に何度か使ったが、過去の研究通りに、表層心理にしか効かないのだ。

曽祖母が特に優れた魔術師であったとも記録は残っていない。

ならば、使い方にコツがある筈だ。

ここは、基本に戻って曽祖母が残した記録、日記の類を探すべきだろうか。

そう思って屋敷の中の記録をひっくり返しても、曽祖母が残した書類自体が何も見当たらなかった。

学園内でも研究のことをずっと考えているので、パビリオンにもめっきり寄り付かなくなったし、ローゼリンデたちともあまりつるまなくなっていた。

自然と、クラウスとラウラにも会わなくなる。

クラウスの姿が見られないのは寂しいが、もし会っても今のエリザには眩《まぶ》しすぎて彼をまともには見られない。器用に視点をぼやかす術は上手くなっていた。いわゆる好《す》き避《さ》け状態だ。

しかし、今までの関係性が悪すぎたので、周囲には特段なんとも思われていない。いつも通りのぎすぎすした仲だと見られていた。

ブリリアントハートを預かって十日ほど。この日の昼休みも、エリザは魔術学の研究室で過去の資料を読み漁っていた。すると、突然扉がノックされた。

研究室の講師から鍵を預かって許可を得てここに居るのだが、他にも誰か資料が必要なのだろうか。

「どうぞ」

「……」

意外な人物の登場にエリザは目を瞬《しばた》いた。

入ってきたのは、フィオニス王国の王族、レオンだった。

レオンは相変わらずの無表情のまま会釈した。褐色の肌は、やはりこの国では珍しく感じる。

彼の伯父であるフィオニス国王は、ローゼリンデの透き通るような肌と銀髪を望んでいて、卒業せずともいつでも後宮に来ていいと呼びかけているらしい。好色な爺《じじい》に望まれているローゼは気の毒だが、それでも国の為に嫁ぐしかない。

「……貴方も資料探しかしら」

「いや。……皇女が、不安そうにしている」

「え？」

皇女とはもちろんローゼリンデのことだ。困惑するエリザをよそに淡々とレオンは続ける。

「最近、お前がパビリオンにも皇宮にも顔を出さないからだろう。寂しそうだ」

「えっ、それをローゼは貴方に伝えるように言ったのかしら？」

「いいや。伝えにきたのは俺の独断だ」

そういえば以前、パビリオンでレオンの前を通り過ぎた時、彼の視線がこちらを向いていたような気がした。

だがよく考えたら、あの時、エリザの隣にはローゼリンデが歩いていた。

つまり、この男はローゼリンデを見ていたのだ。

「貴方、ローゼが好きなの？」

「そういう訳ではない。嫁いでくる皇女を、それとなく監視……、見守るよう言われている」

今、監視って言った。

しかし、こんなにハンサムで若い男を未来の側室の傍に置くとは、国王の指示とは考えにくい。

そんなことしたら、皇女はレオンの方に惚れそうだ。

「どなたの指示でかしら」

「それは言えない」

「ふーん。でもそれとなく見守るだけなら、わざわざ私に伝えに来なくていい筈だけど」

そう突っ込むと、レオンは一瞬黙ったが朴訥《ぼくとつ》に話した。

「後宮は、魔の巣窟《そうくつ》だ。あんなに素直に感情が顔に出ているようじゃ、苦労するだろう。今、憂《うれ》いなく過ごせるならそうしておいた方がいい」

「素直に感情が出る？」

ローゼリンデは表情筋が動かず、いつでも悪人顔だ。他の人には誤解されやすいが、心根は優しい。

「そうだろう。分かりやすい」

不思議そうにレオンが言う。つまり、ローゼの感情が分かるほどじっと見続けているということだ。

もうそれ、好きってことだよね？

「もう好きでしょ、それ」

思わず口に出してしまうと「違う」と即座に返ってきた。

「無自覚で好きなんだって」

「違うと言っている」

「認めないわねえ。絶対好きなくせに」

ブリリアントハートが使えたら、答えさせてやるのに。

そうエリザが思っていると、今度はノックなしで扉が開いた。

「誰が、誰を好きだって」

声を聞くと、ぴくっと反応してしまう。今すぐ鏡を見て、髪が乱れていないかチェックしたいがそんなことは出来ず平然を装う。現れたのは、クラウスだった。

「ごきげんよう、クラウス皇子殿下。資料をお探しですか」

「違う。質問に答えろ」

エリザがちらりとレオンを見ると、彼は表情も変えずに言った。

「なんでもない。ただの雑談だ。用は済んだ、失礼する」

そしてそのまま去ってしまったのだ。用とはローゼリンデが心配、ということだけらしい。絶対好きだろう。

エリザも資料を片付けて教室に戻ることにした。

「私も……」

「話は終わっていない」

クラウスは後ろ手に扉を閉めて、こちらに近づいてきた。

密室で、二人きりだ。

エリザの心臓がうるさく跳ねてきた。

どうしよう、二人きりなんてどこを見て何を話せばいいのか。

とりあえず、資料を見つめることに集中して片付けていく。

「最近、何を調べているんだ」

「お勉強してるだけよ」

すると手の中にあった資料をさっと取り上げられる。

「魔術史と皇国の歴史……、こんなもの学んで、何が目的だ」

「ちょっと興味が湧いただけだから」

とても、近い。手が触れそうだ。

もうドキドキして、顔を上げられない。心臓が口から飛び出そうになりながら、彼に背を向け、他の資料を元の場所に戻していく。

しかし、振り向いた時にはクラウスが目の前に居た。

「さっき、レオと何を話していたんだ。なあ」

気付けば本棚と彼の間に閉じ込められていて、逃げ場がない。

「ち、近い！　離れて」

「嫌だと言ったら？」

ひえぇ……、すまないローゼ。貴女の名前を売るけど許せ。

心の中で謝って、エリザは彼女の名前を出そうとした。

だが、言えなかった。クラウスが突然、エリザの顎《あご》を持ち上げて顔を覗き込んだからだ。

「……！」

近すぎる。触れるなと命じるべきだろう。

けれど、彼の瞳から目が離せない。

「なあ、エリザ。お前は本当に、エリザなのか」

「勿論そうだけれど……」

「今までのお前なら、絶対にこんなこと許さなかった。近づくことも、触れることも拒絶していた。

それなのに、今のお前は隙《すき》だらけだ。別人に入れ替わったように」

まさかの、人が入れ替わった説だ。

でも確かに、疑う気持ちは分かる。

以前のエリザなら、生理的嫌悪でクラウスが近づくだけでも嫌だと態度で拒絶していた。

今のエリザは、そんなこと出来ない。クラウスを好きになってしまったからだ。

「……面白いことを、おっしゃいますのね」

「それ以外に、この変わりようの説明がつかない」

そう言うと、クラウスはエリザの唇を親指でツッとなぞった。

「っ……」

足が震えるほどの官能だった。彼は指一本で、エリザをぞくぞくとさせたのだ。

「分からないな。見た目も、唇に触れた感じも同じだ」

それを聞いて、ハッと正気に戻った。手をバシッと振り払って言う。

「触れた感じも同じって、貴方、私の唇に触れたことはないでしょう」

「そうだったかな」

「そうよ！　もう触らないで。離れなさい」

しかしクラウスは離れず、懲りずに手を伸ばしてくる。エリザのさらさらとした髪を手に取った。

「髪も、以前と同じままだ」

「髪にだって触れたことがないでしょ」

「いいや。ある」

「そんな覚えはないわ」

「忘れているだけだろう。あの別荘では、お前はずいぶん取り乱していたから」

あの別荘。皆まで言わなくても分かる。

あのジークフリードに失恋し、家から追い払われた時の別荘での話だ。

取り乱したとは優しい言い回しだ。あの時のエリザは落ち込んで泣きまくって、方々に迷惑をかけたクソガキだった。

「そ、それは、あの時のことはっ。もう忘れて……」

思わず顔をそらすと、思いのほか優しい声が降ってきた。

「俺は覚えている。ブラウリヒの別荘の管理人のばあやにケツを叩かれ、お前を慰めた」

「もう、十年近く前の話でしょ」

「八年前だ。泣いているお前の頭を撫でた」

その時は何とも思わなかったが、今考えると血の気が引く。

他の男に振られたと泣く婚約者を慰めなければならない時、クラウスはどう思っただろう。

こんなろくでもない女と付き合うのも嫌だし、結婚など絶対したくないと思っただろう。

だが、婚約を解消も出来ずにいまだに付き合いがある。

「覚えていないわ」

そう言い張るしかない。うっすら記憶はあるし、頑張って思い出したら鮮明に蘇《よみがえ》りそうだから、考えないようにしておく。

「本当に？　俺の目を見て」

また顎を持ち上げられて、彼の瞳を見る。

室内だからか、いつもは青の瞳が色濃くなって濃紺《のうこん》に見えた。

綺麗《きれい》な瞳だ。目が離せない。

「エリザ、お前は本当にエリザ・ヴァイカートなのか」

「おかしなことを尋ねるのね。当たり前でしょう。他に誰だって言うの」

「銃の痕跡のことを、わざわざ俺に報《しら》せるように口にしていたな。お前は何を知っている？」

やはりアレはわざとらしすぎて疑われているようだ。

エリザは彼の瞳を見つめたままシらを切った。

「いいえ、何も」

「本当に、知らないのか」

「ええ……」

その時、研究室の扉からノックの音が聞こえた。

「エリザ嬢、いらっしゃいますか」

この研究室を管理している魔術学の先生の声だ。

エリザはやっとクラウスの瞳から視線を離した。

「はい！　います」

外にまで聞こえるように大きな声を出してから、クラウスを押しのける。

「どいて頂戴」

「……」

彼はじっとエリザを見ていたが、素直に退《ひ》いた。

本棚の奥から二人で出て行くと、当然先生はびっくりした表情になった。彼は学園の講師陣の中では比較的若い男性だ。

「エリザ嬢、クラウス殿下とご一緒でしたか」

「ええ、まあ……」

恥ずかしくて、先生の顔を見ていられない。目を伏せて、言葉の語尾が消えていく。先生はクラウスに声をかけた。

「殿下、クナイストくんが探していたようです」

「ああ」

だが、クラウスは動かない。

エリザは不思議に思いながら、先生に鍵を返却した。

「先生、鍵をお返しします。ありがとうございました」

「探し物は見つかりましたか」

「はい。またお借りするかもしれませんが」

「いつでも来てください。学ぶ意欲のある生徒は大歓迎です」

勿論、彼が好意的なのはエリザの家がヴァイカート家であり、魔術を研究する者にとって大いなる後ろ盾になるからだ。

それでも、愛想《あいそ》よくされて悪い気はしない。

「ええ。その時は是非」

研究室を出る時、クラウスも一緒に出た。

しかし、教室に向かっていると、気が付けば彼はどこかに行っていた。気まぐれすぎる。

一筋縄ではいかない男だ。しかし、そういうところにもエリザは惹かれてしまうのだった。

教室に戻ると、別のクラスのマリーナが来てくれていた。いつもの柔和な表情に、少し憂いの色が見える。

「エリザ、忙しいの？　ローゼが何かあったんじゃないかって心配しているのよ」

「ちょっと忙しいけど、何もないわよ。ローゼにも言っておくわね」

「勿論、私も心配しているわ」

憂い顔のマリーナも可愛い。

エリザはふふっと笑って内緒話をした。

「実はお祖父さまから少し、頼まれごとをしていて。家のことを任されるのは初めてだから張り切っているの」

「まあ、そうだったの。あの厳しいお祖父さまに認められたなんて、誇らしいわね。おめでとう」

「ありがとう。そういう訳で、そっちにかかりきりなんだけれど。頃合いを見て、パビリオンにも行くわね」

「ええ。良かったわね、と言いたいところだけれど、あまり根を詰めすぎないでね。息抜きする時はいつでも声をかけて」

「今の会話でも、とても癒されたわ。来てくれてありがとう、マリーナ」

本当は祖父や家のことで動いているなど言うつもりもなかったのに、マリーナに心配されたらころっと参って余計な話までしてしまった。でも、元気が出た。

そのことに、ハッとする。

ブリリアントハートも、そういう使い方をするのではないだろうか。

今までは普通に強い魔力を込めていた。すると、ブリリアントハートを持たせた対象は表面心理に浮かぶことを話すが、密偵のような深層心理を隠せる者は真実を語らなかった。

では、込める魔力を癒しの力など、対象にとって好意的なものにしてみたらどうだろう。

帰って、試してみよう。

エリザは授業が終わるとそそくさと帰宅し、さっそく自室でブリリアントハートを取り出す。

そして癒しの魔力、治癒魔術を込めてみた。

だが、特に変わりはないように思える。きらきらと美しい透明な宝石のままだ。

癒しではなければ、気遣いとか、愛とか、真心を込めればいいのかもしれない。

エリザは真心を込めようとした。

だが、元からそんなに思いやり深い性質ではないので上手くいかない。

ならば、とマリーナのことを思い浮かべながら、日ごろの感謝を述べてみる。

「マリーナ、いつもありがとう。感謝してるわ」

すると、異変が起こった。

ブリリアントハートがきらきらと光って、薄いピンク色に変色したのだ。

「これって！」

エリザの推測は当たっていた。

そして、更に推測する。

友人への感謝でこれだ。ならば、好きな人への気持ちを込めたらどうなるのだろう。

エリザは一人きりなのに、周囲を見渡した。ごくり、と唾を飲み込む。

胸がどきどきしてきた。

初めて、エリザは自分の思いを口にした。

「クラウス、好き……」

そのドキドキとときめきの心のまま、握りしめた宝石に魔力を込める。

「……！」

次の瞬間、ブリリアントハートは真っ赤に輝く宝石になっていた。

完成したのだ。

エリザは呼び鈴を鳴らして侍女《じじょ》に命じた。

「ポールを呼んでちょうだい！」

ポールは諜報《ちょうほう》の業務をこなす、ヴァイカート家子飼いの密偵だ。どこにでもいる中肉中背の中年男性の姿をしていて、その印象は平凡そのもので人の記憶にも残りにくい。

今までも散々、エリザに実験させられてきたので、部屋に到着した時には軽口をたたいていた。

「お嬢さま、またですかあ」

ポールと一緒に、護衛騎士と侍女も部屋に待機する。

エリザの身分では密偵と二人きりになるのは許されないからだ。

「ふふ。今度は成功よ。多分」

「まあなんでも質問してください。答えますから」

今までは、どんな質問をしても嘘と分かる答えを飄々《ひょうひょう》と返していた。

エリザは真っ赤なブリリアントハートをポールに手渡そうとする。瞬間、ポールは素早く後ろに移動していた。逃げたのだ。

エリザは驚いてぽかんとする。

「え、どうしたの」

ポールはこめかみに汗をたらしつつ首を横に振った。

「お嬢さま、それは駄目です。見るからにやべぇ……、いや失礼、危ない気配が漂《ただよ》ってます。これは本物です」

「じゃあ、余計に確かめないと」

「勘弁してください、これは密偵にとって致命的なことになりそうだ」

「まあそんなにひどいことは聞かないようにするから。試すだけだから」

密偵をなだめ、椅子に座らせる。護衛騎士には逃げないよう、背後から肩を押さえてもらった。

そしてポールのポケットにブリリアントハートを入れてから質問を始めた。

「貴方のお名前は？」

「……ない」

「え……？」

「名前は、ない。名前を付けられず、捨てられていたからです。名乗っているのは全て偽名です」

今までは、ポールだと名乗っていた。これは、本当に成功したようだ。

「今、どんな気持ち？」

「勝手に口が動く。恐ろしい魔道具だ」

「話すのをやめることは出来ないの？」

「質問されたことに、自然に答えてしまう」

「私は女です、って言ってみて」

あからさまな嘘をついてみろと促したのだ。

だが、彼は口をわななかせて言った。

「出来ない」

「すごい！　本物なんだわ。本物よね？」

ポールが頷く。護衛騎士も侍女も、驚きで目を瞠っていた。

これはどんな者にも強制的に真実を口にさせる、恐ろしい自白アイテムだ。ポールが哀れっぽく頼む。

「早く解放してください」

「いえ、ちょっと待って。魔術を込めた対象者以外でも質問できるのか、確かめたいわ」

エリザは侍女を近くに呼び、質問内容をこっそり耳打ちした。

侍女は頷き、その通りに質問する。

「貴方は結婚していますか？」

「妻が三人……」

「三人！　重婚じゃない」

軽い気持ちでした質問が、とんだ事実を炙《あぶ》り出してしまった。

ポールは言い訳する。

「好きでやってるんじゃない。それぞれの拠点で疑われないよう偽装しているからです。仕事の一環です」

「余計なこと聞いちゃったわね。でも、秘密にしておいてあげるわ。皆も、ここでのことは他言無用よ」

「ハッ！」

エリザは実験に成功し高揚しながらも、冷静に後ろの二人に命じた。

「はい」

ブリリアントハートを抜き取った時には、ポールは汗びっしょりだった。恨みがましい目で見られる。

「とんだ目にあいました。お嬢さま、これは本当に危険なブツです。くれぐれも取り扱いに気をつけてください。人の心を試したり弄《もてあそ》んではいけませんよ」

「分かっているわよ。協力に感謝するわ。特別賞与を出すからこのことは忘れて」

「それは、どうもありがとうございます……」

一応、護衛騎士にも確認する。

「ポールに触れていた時、貴方は質問に答えたくならなかった？」

「いいえ、私はなんともありませんでした」

「なるほど。分かったわ。ありがとう」

色々分かった。

対象者は服のポケットなど、直接肌に宝石が接触していなくとも、身につけていれば質問に答えてしまう。だが、対象者に接触している者は無事だ。

また、質問は魔力を込めていない人でも、つまり誰でも出来る。

さて、これをラウラにどう使えばいいだろうか。

エリザのこのブリリアントハート解明の目的はただ一つ。ラウラへの尋問だった。

第三章

不本意な噂と恋人演技

ラウラに尋問するにはどうすればいいだろう。

それも、エリザが関わっていないと思わせる方向で。

ブリリアントハートを表に出すのはまずい。秘密裡《ひみつり》に持ち出し手続きはしたものの、本来は皇宮の倉庫にある筈《はず》の物だからだ。

魔法を使ってこっそりラウラのポケットにブリリアントハートを入れるくらいは出来る。

しかし、そこで突然エリザが質問し始めてもおかしい。そもそも、普段エリザはラウラと口もかないのだから、エリザ以外の人物が質問しなければいけない。

道具があっても方法が難しい。

「うーん」

とりあえず、学園に通う時もポケットに忍ばせて、いつでも使えるように準備しておきながら様子を見よう。来たる時に上手《うま》く立ち回れるよう、機会を逃さないように。

そう思って学園に向かったエリザだが、とんでもない噂《うわさ》を耳にすることになる。

「秘密の恋人？」

「そうです」

エリザには様々な立場の者が『ご注進』という形で噂を教えてくれる。

身分の関係上、向こうからはエリザに声をかけられないので、エリザの席の横に来て独り言という形で、小さく呟《つぶや》くのだ。

内容を聞いたら一言、了承したと伝えるのが常だったが、今回は一度で理解しきれなかった。

その噂は、エリザに秘密の恋人が、婚約者であるクラウス以外に居るというものだったのだ。

「クラウスによね？」

クラウスに秘密の恋人が居る、という噂なら分かる。

しかし、注進者である子爵《ししやく》家の令嬢《れいじよう》は首を横に振った。

「いいえ、エリザさまにです」

「恋人が？」

「はい。誰にも内緒の、クラウス殿下《でんか》以外の方が」

「初耳なのだけれど?!」

秘密の恋人が居るというのは、本人にも秘密なんだろうか。

少々混乱していると、注進者は声を潜める。

「下級生の間では広まっているようです。本家に伝わるのも時間の問題かと」

「……分かったわ。ありがとう」

エリザは何とか取り繕って返事をしたが、内心頭を抱えていた。

下級生、ということはどうせラウラが無いこと無いこと言いふらしたに違いない。どうしてくれよう。

そして、本家に伝わるというのはヴァイカート家の当主、祖父の耳に入るということである。

ヴァイカート家において、全ての出来事は自己責任。自分のせいではなくても、悪評が立つのは本人の不徳の致すところだ、となるのである。

何とかリカバリーしなければ。

幸い、ブリリアントハートは完成している。これを使ってどうにか事態を収束出来ないだろうか。

とにかく、噂のことを友人たちに相談してみよう。

エリザは久しぶりに、昼休みにパビリオンに行った。

ローゼリンデはことのほか喜んで、そして文句を言った。

「もう、忙しい忙しいと一人で行動して。用はもう済んだのか」

「ええ。みんなも変わりない？」

「変わってない！　恋もしてないし！」

「相変わらずねえ」

みんなが笑う。

四人でたわいない会話をして、笑って、昼食を取る。久しぶりに楽しかった。

そして、食事が終わって落ち着いた頃にエリザが口を開いた。

「みんなは噂を聞いた？」

「なんの噂だ。恋愛のか」

ローゼリンデはすぐにそっち方面に飛びつく。

エリザは笑って言う。

「事実無根の、デマの恋愛噂話よ。下級生を中心に、私に秘密の恋人が居るんじゃないかって広まっているらしいの。クラウス以外によ。どうせ、私を追い落としたい女が噂を広めたんでしょうけど。許せないわ、どうしようかしら」

話を聞いた瞬間、ローゼリンデの顔色が真っ白になってしまった。表情は変わらないのだが、硬直しているようだ。

「どうしたの、ローゼ」

「あーあ、だから言わんこっちゃない。余計なことは言うなって忠告してたのに」

アデリナの言葉に、不穏な気配を感じる。

マリーナが優しく尋ねた。

「ローゼ、何か言ったの？」

「うっ。その。皇宮で……、女官相手に……、エリザにはクラウス以外に好きな人が居るって……」

「言ったの?!」

予想もしていなかった噂の発生源の発覚に、エリザはソファから立ち上がって詰め寄る。

「でも、恋人とまでは言ってない！　そこまでは言ってない！」

大慌てのローゼリンデに、彼女の護衛騎士のアデリナが冷静に補足する。

「信頼出来る女官相手だし、口も堅いだろうからつい話をしたんだろう。相手はどんな人だろうって盛り上がってたが」

「盛り上がって！　ちょっとローゼ。貴女《あなた》、私を失脚させたいのかしら？　それともヴァイカート家を引きずり下ろしたいの？」

「違う！　本当にすまない！　ただ、エリザが何も言ってくれないし全然会ってもくれないし、寂しかったんだよー！」

ローゼリンデは泣きだしてしまった。マリーナがすぐにハンカチで涙を拭《ぬぐ》ってよしよししてあげている。

泣きたいのはこっちだ。そう思ったが、エリザにも非はある。

好きな人が出来たと中途半端に言うなんて、恋愛話大好きなローゼリンデが煽《あお》られるに決まっている。それなのに、忙しいし話したくないと放置していた。

ここはもう、意を決して胸中を明かすしかない。

今まで誰にも言っていなかった、クラウスへの気持ちを皆に知らせるのだ。

好きになったきっかけや理由は言えないが、まあ長年の付き合いで情が湧いたとでも誤魔化《ごまか》そう。

意を決してエリザはソファに座り直し、居住まいを正した。

「分かったわ。今まで伝えなかった私にも非はあるもの。私の好きな人のことだけれど」

皆が注目する。ローゼリンデはごくりと生唾を飲み込んだ。

「相手の名前、分かったのか」

「本当は知っていたの。隠していたけれど、私、クラウスのことが好きなの……」

どんな反応をされるかと、ドキドキしながら伝えた。本当の気持ちを他人に話すということは、エリザにとってかなり勇気の要ることだった。

しかし、皆の反応は冷淡なものであった。

「ま、そうやって話を収めるのが一番だよな」

「わらわもそれが一番いいと思う。その線で進めよう」

「えっ、本当なんだけど！　本当のことなのよ?!」

エリザがそう叫ぶと、マリーナが優しく微笑《ほほえ》んでくれた。

「分かったわ。下級生の知り合いに噂のことを聞いて、恋人はクラウス殿下ということに出来るか確かめましょ」

「あ、ありがとう……」

本当のことを告白したのに、スルーされてしまった。今までの言動がまずすぎたからだ。

親友たちにもこんな反応をされるのだから、クラウスにはなおさら信じてもらえないだろう。それどころか疑われ怪しまれそうだ。項垂《うなだ》れそうになるが、三人は話を進めている。

「しかし、下級生中心の噂というのがいやらしいな。わらわの周辺では聞き及んでおらん」

「どうせあのクソあまが言いふらしたんだろ」

アデリナの口が悪い。しかし、エリザもそれには同意である。

「でも、それだったらローゼが女官に話したのは関係ないんじゃ？　女官からラウラに話が伝わるとは思えないわ」

エリザが呟くと、ローゼリンデも腕を組む。

「繋《つな》がりがあるとは思えんな。それに、思い人と恋人は微妙に違う。じゃあわらわのせいじゃないかも！」

「そうかもしれんが、ローゼは少し反省しろ」

アデリナにメッとされてローゼリンデは少ししょんぼりする。顔は怖いままだが、そういう様子は分かる。

そういえば、レオンはローゼリンデの表情が分かりやすいと言っていたな、と思い出す。彼がどうやら無自覚にローゼリンデを好いていることも。

エリザは少しばかりの意趣返《いしゅがえ》しとして、ローゼリンデの心を嵐の中に突き落とすことにした。

「そうね。ローゼ、そろそろ貴女もフィオニス王国と後宮のこと、学ぶべきよ」

「一応、学ぶことは教わっておるが」

急な話題転換に三人とも怪訝《けげん》な表情になる。

「どうせ、学の高い先生の綺麗《きれい》ごとなお話ばかりでしょ。ちゃんと、後宮や国王の本当のことを知っておくべきよ」

「どうやって？」

「レオンさまに習うのよ」

それを聞くと、ローゼリンデは少し嫌そうな顔をした。表情は変わらないが、そういう素振りを見せたということだ。

「あの男なあ。美辞麗句《びじれいく》なしで、厳しいことばかり言う」

「そういう人だから、おべっかを使わず本当のことを話してくれるんでしょ」

「そうか？　あやつ、わらわを嫌っておるのではないか。まるで優しさを見せないから好意は無いだろうし。政略結婚を厭《いと》ってか、何らかの恨みの感情を抱いているのかもしれん」

ローゼリンデの中では、優しいイコール好きで、厳しいイコール好かれていない、なのだ。

本当に分かっていない。どう見てもレオンはローゼリンデが気になっている。

そして、ローゼリンデはチョロい。激チョロのチョロだ。ちょっと仲良くなったら、絶対すぐに好きになるに決まっている。

エリザは自分のチョロさを棚に上げ、そう断じた。

ローゼリンデが人の恋バナばかりするのは、自分に好きな人が居なくて暇だからだ。

失恋確定の恋をさせることになるが、失恋もまた人を成長させる。大きくなってこい。

その思いでエリザは彼女の背を押した。

「大丈夫よ。レオンも留学生として二国間のこと、色々心配しているようだから。レクチャーしてもらいなさい。アデリナと一緒に行ったら守ってもらえるでしょ」

「それもそうか」

アデリナが不思議そうにこちらを見る。

「エリザがそんなことを薦めるとは、珍しいな」

「いい加減、ローゼには大人になってもらわなきゃ。ちなみに私は今日、当主に噂のことを絞られる予定よ」

それを聞くと、皆は首をすくめた。厳格な祖父のことは、知れ渡っているのだ。

マリーナが気遣ってくれる。

「ちゃんと話せそう？　叱責《しっせき》を受けないように、何か出来る？」

「相手はクラウスで、心当たりはないって言い張るしかないわねえ」

「そうね。クラウス殿下にも口添えを頼めるといいんだけれど」

「いやあ、それは。殿下もお忙しいから」

学園に通いながら、対イオナイトの現場活動までしているのだ。忙しいだろうし、いつ体を休められるのかも分からない。余計な負担はかけるべきではないだろう。噂のことは耳に入っても黙殺するだろうし、こちらも知らないふりをしておく。

そう思ったのだが、ローゼリンデは皮肉を言う。

「そうだな。女の元に通い、たくさんの女どもと戯《たわむ》れるのに忙しいからな」

「ローゼ、もういいから」

「わらわは一夫多妻《いっぷたさい》が認められている国に嫁ぐからいい。でも、この国は違う。それなのにエリザが辛《つら》い目に遭うのが許せない」

その気持ちは嬉《うれ》しい。しかし、彼女は本質を知らずに表面上の情報だけで判断しクラウスを批判しているのだ。エリザはなんとかローゼリンデをなだめようと頭を撫《な》でてあげた。

「私はクラウスとの婚姻を望んでいるから、構わないのよ。だから、ね。私のことよりローゼは自分のことを優先して。ね？」

「……分かった。レオンにあちらの国の話を聞いてみる。アデリナ、一緒に来てくれ」

「はい」

この後、どうなるのか楽しみだナー。

二人の背中を見送りながら、エリザはそうほくそ笑むのであった。

ヴァイカート家では、エリザの噂話は想像以上に重く受け止められたようだ。エリザの帰宅とともに、大広間に家族全員が集められたのだ。

王の玉座のように設置されている椅子に当主である祖父が座る。

その隣に父母が並び、一段下に兄。

エリザは被告人のように広間の真ん中に立たされていた。

祖父が口火を切った。

「エリザ。学園内でお前の身持ちの悪さが噂になっているが、どう申し開く」

剛速球のストレートがど真ん中に来た。流石《さすが》に、祖父に身持ちが悪いと言われるのはメンタルが削られる。しかし、打ち返すしかない。

「勿論《もちろん》、事実無根の悪意ある噂です。流布《るふ》した相手にも目星がついております」

「クラウス殿下がお気に召している平民か」

よく知っている。学園内の事情も祖父は把握《はあく》しているのだ。

「はい」

「相手が分かっていながらおめおめと相手の意のままになるなど、脇が甘いのではないか。大体、どうして平民などを殿下の傍《そば》に置いたままにした。すぐに排除すればこうはなるまい」

「それは、泳がせる必要があったからです。ですが、その時期も終わりに近づきました。まとめて排除いたします」

「手段はあるのか」

祖父の問いかけに、エリザはポケットの中からブリリアントハートを取り出した。

魔力を注いでも、一日経《た》つと効果が切れるようで、今は透明の宝石に戻っている。

そして、皆の目の前で魔力を注ぎ、口には出さずに心の中で『クラウス、好き』と思った。流石に人前で言うのは恥ずかしすぎる。

見事に宝石は真っ赤になった。祖父の目が見開かれる。兄も驚いていた。

エリザは前に進み、恭《うやうや》しく祖父にブリリアントハートを差し出した。

祖父は手に取って興奮したように宝石をかざす。

「おお！　これぞ、ブリリアントハートだ。使いこなせるのか」

「はい。これをもって、全てをかの平民に吐かせます」

「全て？　噂を広めたことと、殿下に近づいた目的か」

「それ以上のことも、あるかもしれません」

ラウラがイオナイトと関係あるかもしれない、というのは流石に祖父もまだ知らないようだ。

「ふむ。何か知っているようだな」

「早くご報告出来るように、励みます」

「分かった。任せる」

祖父の話は終わったようだ。

良かった、叱責されずに済んで。

ホッとしていると、フリードが冷静に距離を詰めてきた。

「一体どうやったんだ？　ブリリアントハートを使えるようにするには、どうするのだ」

「教える訳がありません」

「何故《なぜ》だ。一族の間では秘密にせずともいいだろう」

妹をはめようとしてた奴が、どの口で言うんだ。

エリザは突っぱねた。

「曾《ひい》お祖母《ばあ》さまが何故使用方法を伏せていたか分かりますか？　悪用されない為《ため》に、使える者だけが分かるようにですよ。その資格がある者にはすぐ分かります」

「まるでお前が悪用しないような言い草だな」

「私は正統に譲り受け、己の力で使用出来るようになったのです。いずれお兄さまが妻を迎え入れる時には、義姉《あね》となる方にお譲りします。これはヴァイカート家の至宝ですから」

そう、今なら分かる。これは兄のような男には使えない。

この宝石は、家族すらも利用する利己主義で合理的な一族の中で、心から他人を愛することが出来る人物だけが使える秘宝なのだ。もし兄がマリーナと結婚したら、愛情深いマリーナなら使いこなせるだろう。

この言葉に、祖父は大満足したようだ。

「ふむ。エリザ、最近のお前の成長は著《いちじる》しいようだ。褒美を与えよう。何を望む？」

しかしここで、物質的な何かを欲しい、などと言ってしまえば逆に失望されること間違いなしだ。それはこれまでの経験上分かっている。

エリザは少し考えてから希望を口にした。

「はい。私はその……、クラウス殿下に好意を持っております。ですので、このまま婚約を維持し、婚姻関係を結ぶことを望んでおります。お祖父《じい》さまには、その為の後押しをして頂きたく存じます」

エリザは本当に欲しいものを正直に述べた。このままクラウスと引き離されたくない。

祖父はそれを聞いて二度も頷《うなず》いた。父母も嬉しそうな顔をしている。

祖父から発された言葉は予想外のものだった。

「いつの間にか、幼いと思っていた孫娘もずいぶん狡猾《こうかつ》になったようだ」

「狡猾、ですか……」

「ああ。こう願うことで、学園内の噂も一掃出来るだろう。お前の秘密の恋人はクラウスで、それはこのヴァイカート家当主も認めているということだ」

本当に自分の気持ちを、ちょっと恥ずかしいけど家族に伝えたのに、狡猾扱いされてしまった。

もし、婚約解消の話が進みそうになった時には味方になってもらおうとしただけなのに。

「そ、そうですね。ありがとうございます……」

本日二度目の脱力感に襲われながら、エリザはとりあえずお礼の言葉を口にした。

「ここ数代、ヴァイカート家には男子しか生まれなかった。お前は凡《およ》そ百五十年ぶりに生まれた女子だ。皇家に嫁ぐのは当代の悲願。本音を言えば、第二皇子より第一皇子が良かったが……、今が決断すべき時か。安心しろ、確実に後押ししよう」

「はい。よろしくお願いいたします」

母が嬉しそうに話しかけてきた。

「エリザ、本当に成長して。ついこの間まで、ジークフリードと結婚しなきゃやだやだ〜、と駄々をこねていたのに。大きくなるのは早いものね……」

「お、お母さま。あれはほんの子供の頃の話ではありませんか」

この話を持ち出されると、汗がドっと出てくる。

父も、祖父によく似た厳しい顔を少しほころばせて言う。

「そうだな。あまりワガママも言わなかったエリザが泣いたり怒ったりするのは可愛《かわい》かったが、今はこんなにわきまえるようになって。それも少し寂しい気がするなあ」

祖父が当主としてこの皇都に居るので、父母は領地を回ったり地方を巡回したりと多忙にしている。その為、会う機会も少ないのだが、流石に例の初恋求婚事件の時は屋敷に戻ってきた。

そんなわけで両親との思い出が少なく、会うたびに黒歴史を掘り返されるのでどうにかしてほしい。

父母はにこにこ、兄は冷笑し、祖父もいつになく表情を緩めている。

生ぬるい空気に耐えかねてエリザは声を張る。

「で、でも。結果的に、そのおかげでジークフリードは結婚し、ヒルデとベルンが生まれたのではないですか。二人とも幼いのにとても利口です。ベルンはきっと父譲りの魔法剣士になるでしょう」

「それをお前のおかげというのは、少し無理がありすぎるのではないか。エリザ」

兄に突っ込まれて、ぐぬぬとなる。

祖父が口を開いた。

「筆頭騎士のドミニクが、そろそろ後進に道を譲りたいと申しておる。あれも老齢だからな。推薦はジークフリードを指名していた。問題はないのだな？」

筆頭騎士とは、騎士の全権を担う司令官のようなものだ。現場では当主に代わって命をくだす必要もある。当然、屋敷に出入りして当主と密にやり取りをするということだ。

エリザが求婚して以来、ジークフリードはエリザの担当を外された。エリザの目の届かないところでの任務ばかりこなしていたのだ。

それは、エリザがまたよからぬ思いを抱かぬようにという配慮だった。

ジークフリードは強いだけでなく、有能で頭もよく、そして心も騎士の鑑《かがみ》だった。何でもしなければいけない筆頭騎士に相応《ふさわ》しい男だ。

だが、筆頭騎士になればエリザともまた関わることになるため、ずっとそのような地位に甘んじさせてしまっていた。

また、ジークフリードと会える。

そう考えても、懐かしく頼りになる騎士と思うばかりで、あの時狂おしいまでに欲しいと思った気持ちは失《う》せていた。

彼への恋心は、懐かしさや信頼へと昇華していたのだ。

エリザはにこやかに、そしてきっぱりと言った。

「はい、問題ございません。ジークフリードなら、立派に務めることでしょう」


翌日、パビリオンに行って驚いた。

歩いている時は普通だと思っていたローゼリンデが、座って空を見つめたまま動かなくなったからだ。

表情はいつもの鉄壁のままだ。

だが、よく見ると三白眼《さんぱくがん》の瞳が夢見るようにぼんやりしている。

「ちょっと、ローゼ」

「はぁ……」

甘い溜息《ためいき》。

このムーブ、エリザには心当たりがある。

今、ローゼリンデの心の中はレオンのことでいっぱいになっているのだろう。昨日、話したことを無限再生しているに違いない。

それにしても、早すぎないか。昨日の今日でこれだ。

エリザは他人のことは冷静に俯瞰《ふかん》出来るタイプだ。

「昨日、何があったの。教えて頂戴」

「別に。何も……」

「絶対嘘《うそ》。レオンさまに話をしに行ったのよね？」

すると、ローゼリンデの瞳は少し、正気を取り戻した。

「レオンさまに話をしに行って、それで……」

そこで、また一人の世界に入ってしまった。顔がみるみる赤くなっている。

「ちゃんと言いなさいよ！　貴女、人のことはしつこく聞いておいて自分のことだけ秘密にするの、酷《ひど》いわよ！」

「エリザ。自分が嫌だったことを人に強要するのはいけないわ。ローゼも話したくなったらきっと打ち明けてくれるわよ」

エリザが文句を並べたてると、マリーナが優しく諭《さと》してくれる。

それはその通りだ。

だが、エリザはマリーナほど人間が出来ていないので、人にも自分と同じ目に遭ってほしい。

そうなれば、矛先を変えるしかない。

「アデリナ、昨日何があったの」

ローゼリンデに常に付き従う護衛騎士アデリナだから、その時の様子を見聞きした筈だ。

アデリナは苦々しい表情をしていた。

「言えない」

「そりゃ、皇女殿下の騎士としては言えないだろうけど」

「言えないけど、ローゼには腹が立つ。そんな簡単な女に成り下がっていいのか」

アデリナは騎士一家の娘なので、恋愛脳とは程遠い。チョロいローゼリンデを見ていると、腹立たしいのだろう。

「まあ、嫁ぐまでの期間限定の淡い恋だから……」

「深みにハマったらどうすんだ。ローゼにそんな割り切り出来んのかよ」

アデリナはよっぽどイラついているみたいで、眉間《みけん》に皺《しわ》が寄っている。

エリザがセッティングしたこの状況は、お気に召さないようだ。

しかし、エリザの目論見《もくろみ》通りローゼリンデは黙った。虚空《こくう》を睨《にら》み、表情を変えずじっと身じろぎもせず固まっている。

だが脳内では転がり回って『レオンさまかっこいい、好き！』と叫んでいるに違いない。

恋恋うるさいのはなくなったが、会話に乗ってきてくれないのは少し寂しい。

そんな我儘《わがまま》なことを思いながら、エリザはマリーナに話しかけた。

「昨日、お祖父さまに尋問されたんだけれど、上手くいったわ」

「良かったわ。厳しく叱責されないかと心配していたの」

「それで、噂の出所を突き止めたいから皆にも協力してほしいんだけれど」

マリーナはふわりと笑って請け負ってくれた。

「勿論よ。どうすればいいかも、皆で考えましょう」

「ありがとう、マリーナ。嬉しい」

優しいし、頼りになるマリーナは流石だ。

じゃあ具体的にどうしよう、と話を続けようとした時だ。パビリオンに近づく人物が居るという魔術反応があった。

いつもの時間よりだいぶ早い。通常なら昼休み後半の、食べ終わった頃に来るのにまだ食事中だ。一体なんだろう。何か問題が起こったとか？　こういう時は、悪い予想の方が当たるのだ。

エリザは嫌な予感を無視して食事を続けようと、ランチボックスに手を伸ばした。

いつもより乱暴な足音が近づいてくる。普段は腐っても皇族で、このように荒々しい動きではない。

到着したのはクラウスだった。

エリザはちらりと見て、その形相《ぎょうそう》にビクッとした。

クラウスの顔に浮かんでいたのは、いつものニヤニヤとした人を馬鹿にする笑みでも、以前に見た無表情でもなかった。彼はあからさまに、怒りの表情を見せていたのだ。

「エリザ！」

怒気を込めて名を呼ばれ、飛び上がりそうになった。

しかし、表面上はいつもの落ち着きを装う。

「御用があるなら、昼食の後にしてくださらない？」

「話がある。いいから来い！」

「まだ食事の途中よ」

意地でも動かない。そう思ったのだが、彼はつかつかと近づいてきてエリザの手首を掴《つか》む。

「来ないなら担《かつ》いで行く」

「ちょっと。何ですの？　話があるなら、ここですれば如何《いかが》です」

何故か、マリーナがエリザのランチボックスを片付けてまとめ、クラウスに手渡した。

マリーナ？　どうして追い出そうとしているの？　助けてほしいのだけれど！

心の叫び空《むな》しく、マリーナは心配そうにしながらも言った。

「二人で食事をしながら、話をするといいわ」

「えっ。どうして？　別に、話すことなんて……」

「行くぞ」

手首を引っ張られ、強引に連れていかれる。

「一体何なの」

いつもならクラウスを愚弟《ぐてい》と呼び、叱りつけてくれるローゼリンデはぼんやりしたままだ。そうなると、アデリナも動けない。昨日、ローゼリンデを焚《た》きつけたのは失敗だったか。

己の失策を歯噛《はが》みしながら、エリザはクラウスに連行された。

エリザが連れていかれたのは、校舎裏にあるひと気のない裏庭だった。こんな所があったのか。

エリザも初めて足を踏み入れる場所だ。

そこで、エリザは人生初の壁ドンをされていた。

怒りの表情のままのクラウスが、エリザに凄《すご》む。

「相手は誰だ」

「……え？」

「お前の相手は誰なんだと聞いている！　レオンか？　あの魔術学の教師か？　まさかあの間の抜けた魔術省の小役人じゃないだろうな！」

相手とは、何だろう。考えてから思い当たった。

「ひょっとして、秘密の恋人とやらの噂を聞いたのですか」

「そうだ。最近、お前の態度はあからさまにおかしかった。俺に愛想《あいそ》を振りまく時点で妙だと思ったんだ。そうやって、表向きには俺との仲を良好に見せ、裏では別の男を作っていたんだろう。さあ、早く相手を教えろ」

捲《ま》くしたてられ、物凄い誤解を受けて疑われていることが理解できた。

どうやって誤解を解けばいいのだろう。とりあえず、冷静に指摘する。

「違います。あの噂は事実無根です」

「だったら、ここ最近のおかしな様子はなんだ。俺に思わせぶりに振る舞ったかと思えば、次々と他の男と二人きりになって。何が目的か言え」

まあ信じてもらえない。

しかも、偶然の積み重ねがこんなにも疑心を生んでいるとは。

申し開きをしても信じてもらえないなら、逆に相手を疑おう作戦だ。

エリザは距離の近さにドキドキしながらも、疑惑を晴らそうと口を開いた。

「目的などありません。それよりあの噂、貴方《あなた》の親しいご友人が流したものではないのですか。私を追い落とす為に」

すると、目論見通りクラウスは怯《ひる》んだ。

「そんな筈は……」

「無いと言い切れますの？　貴方があの女にいい顔をするせいで、つけ上がって私に攻撃的な態度を取っていますのよ。まさか、貴方も共謀して私の評判を傷つけようとしている訳じゃありませんよね？」

「違う！　俺があいつに近づくのは、目的あってのことだ。決してお前を傷つけようなんてしていない」

「でも、彼女を増長させているのは貴方で、迷惑を被《こうむ》っているのは私。貴方は、たとえ私が攻撃されてもそれくらい平気だろうと判断し、それを放置しているのではないですか。クラウス殿下」

糾弾すると、グッと詰まったのが分かった。

こういう時は、相手の立場を理解すると負ける。好意を持つ持たないに限らず、言われっぱなしは許せないエリザは舌戦を繰り広げた。

「それは、そういう部分もある。あいつの動きを確かめるために泳がしていた」

「泳がすのは結構。だからといって、私を巻き込むのはやめてください。迷惑です」

「お前だって、俺が他の女を相手にしているのが分かっていても、何も言わなかっただろ」

「散々注意したのをお忘れですか」

売り言葉に買い言葉でどんどんヒートアップしてしまう。ここまで彼を追い詰めると良くないだろうと分かっているのに、感情的になっていた。

果たして、クラウスも同じように感情的に反撃してきた。イライラとした様子で声を荒らげる。

「生活態度がどうの、と説教するばかりで嫉妬もしない。お前が俺に全く興味がないのは分かっている。だから、最近の態度に怪しさしかないんだよ！　好いた男が居るなら、はっきりそう言え！」

反射的に、好いた男など居ないと言おうとした。

だが、言えなかった。

何故?!

唇がわななないて、汗が出てくる。心臓がバクバクと音を立てている。ときめきではない、嫌な鼓動を感じる。

そこでハッと気付いた。これは、ブリリアントハートの効果だ。

いざという時にいつでも使えるように、今朝も魔力を充填《じゅうてん》してポケットに入れておいたからだ。

このブリリアントハートは、魔力を補充した本人も尋問対象になるらしい。

昨日から身に着けていたが、エリザは普段、あまり嘘《うそ》を吐《つ》かない。それで気付かなかったのだ。

今や、エリザはクラウスという質問者に、全ての答えを本音で口にしなければいけない身に成り下がっていた。緊張で脇汗がびしょびしょだ。

ただ、この事実をクラウスは知らないということだけがアドバンテージだ。

何とか彼に質問をさせず、嘘を吐かないような答え方をして上手く切り抜けるしかない。

どう答えよう?!

エリザは慎重に口を開いた。

「昨日、ヴァイカート家でも噂について詰問されました。勿論、私は事実無根と申しました。結果、私の秘密の恋人はクラウス殿下であると、その方向で噂の収束を図る、ということになりました。……私の思い人は殿下、貴方です」

告白するのは、物凄くドキドキした。

でも、普通に告白したら皆のようにあっさり流されて、本気に取ってもらえないだろう。

だから、エリザは誤魔化した。

あえて、そのように振る舞っていると装いながら告白したのだ。

でも、言っていることは全て事実だ。

本当に、貴方が好き。

果たしてエリザの言葉を飲み込んだクラウスは、一つ瞬《まばた》きをした。それから、いつもの皮肉な笑みを浮かべた。

「なるほど。そういう収束方法か」

「はい。殿下のお名前を出すこと、お許しください」

「構わない。それならば、俺もその状況を利用させてもらう」

「え……？」

顔を見つめると、クラウスはもう一度笑った。とても意地の悪そうな、仄暗《ほのぐら》い笑みだった。

「俺にも目的がある。だが、今まであいつの懐に入り込んで仲を深めたところで、何も成果は得られなかった」

ラウラのことを言っているのだ。反射的にそう思った。

「……どうなさるおつもりですか」

「お前と仲睦《なかむつ》まじく振る舞う。押しても駄目なら引いて様子を見る」

これにはエリザもカッとなった。

「殿下はご自分がどれほど最低なことをおっしゃっているか、自覚があるのですか。二人の女を天《てん》秤《びん》にかけるようなことをするなど」

「珍しいな。それほど感情を見せるとは。嫉妬でもしたか、エリザ」

思いっきり嫉妬していた。

ラウラの為にエリザを利用すると言われて、平常で居られる訳がない。

だが、今のエリザには嫉妬していないと嘘を吐くことは出来ない。黙るしかない。

「っ……、しました」

黙っていられなかった。

彼の言葉を質問とみなしたブリリアントハートの力で、勝手に答えてしまったのだ。

早く効果時間が過ぎてほしい！　エリザは切実にそう願った。

エリザの答えを聞いたクラウスは、皮肉な笑みのままだった。

「本当ならば、嬉しい返事だ。だが、役割を忠実にこなそうとしているだけのお前を信じられる訳がない」

「……」

思いっきり疑われている。

なんといっても十年近くの不仲ぶりだったのだ。

しかも、便宜上だと前置きしてから好きと告白した後だ。誰が信じようというのか。逆の立場なら、エリザだって信用ならないと思うことだろう。

クラウスは顔を寄せて言った。

「お前の案に乗る。今から、俺たちは仲睦まじい恋人同士だ。だが、これだけは言っておく。俺を誑《たぶら》かそうとするのはやめろ！」

「……分かりました」

誑かそうなどとはしていない。

本気で好きなのだから。

でも、そう伝えて頭ごなしに否定され、疑われるのは悲しい。

エリザは短い返事に溜息を隠して頷いたのだった。

「そうと決まれば、一緒に昼食を取ろうか。我が君」

「我が君……？　はあ？」

思わず冷たい声を出してしまう。

エリザが好きになったのは、非情な務めを無表情で行う男なのだ。こんな風に、わざとらしい言葉を猫なで声で話す人は好きじゃない。

エリザの反応に、クラウスもムッとしたようだ。

「恋人にはそのように言うものだ」

「嘘くさい顔でわざとらしいことをおっしゃるの、おやめ頂けますか」

「お前には甘い囁《ささや》きというものが分からないのか」

「虫唾《むしず》が走りますので、そういうのはお望みの方へのみどうぞ」

これには嫉妬が混じっていた。今まで、他の女にこんなことを言っていたのか、と過去のことにまで腹を立ててしまう。

二人で裏庭のベンチに向かいながら、仲睦まじくはない口論を繰り返してしまう。

「お前の提案だろう。お前が、俺を好いて俺を恋人にと望んだ」

何故だろう。その通りだけど、ムカッとしてしまう。

「そうです。ですが、恋人というものは一方通行では成り立たないもの。私が一方的に好いているように振る舞うのはおやめください」

思わず抗議すると、彼はくくっと喉の奥で笑った。

いつもの軽薄なニヤニヤとはまた違う嫌味な笑い方だ。

「後悔するなよ」

「既にしています」

「ハハ！」

次に笑ったクラウスの顔は、無邪気なものだった。そこには取り繕ったものではない自然な表情があった。

こんな顔も出来るんだ。

思わず笑ったクラウスの顔に、エリザはときめいてしまった。

こんなことで、と己に呆《あき》れてしまうが、クラウスが笑ってくれて嬉しい。

彼にムカつく点は多々あるし、どうしてこんな人好きになったんだろうと思うこともある。

でも、こういうふとした瞬間に全てが覆されるのだ。

この人が、好き。

好きな人と、恋人を演じるのはドキドキする。

クラウスと並んでベンチに座って、ほとんど手を付けてないランチボックスを開ける。

「そのサンドイッチが欲しい」

「どうぞ」

取りやすいようにボックスごと渡そうとすると、拒否された。

「違う。お前が食べさせるんだ」

「え。私が、ですか……」

「そうだ。早く」

急《せ》かされてドキドキしながら、長方形にカットされたサンドイッチを口の前に差し出す。

パクっと半分ほど食べて咀嚼《そしゃく》しているのを見ると、小鳥の給餌《きゅうじ》のようだと感じた。ちょっと面白い。

もう一口、食べる時にクラウスはエリザの指まで口に入れた。

「ちょっと。指まで食べないで」

「ふ」

目で微笑みかけられた。

エリザは冷静を装うのも限界ではないかと内心ヒヤヒヤしていた。

胸がときめいて、ドキドキして、好き！　と口走りそうで怖い。

鼓動が速くなりすぎて、逆に落ち着いてしまっていた。あまり、クラウスの方を見られない。

並んで座っているので、目を合わせずにいられることも良かった。

しかし、次にクラウスは手ずからエリザにサンドイッチを食べさせようとしたのだ。

「はい」

「…………」

黙ってぱくりと口に含む。

「一口が小《ちい》せぇ」

「……これくらいが普通です」

食べさせられるのも、ドキドキする。緊張が限界に達すると、ぼんやりしてきて気が抜けたようになるのだと初めて知った。

二人で食べさせあっていると、ひと気のない裏庭とはいえ少しは生徒がいる。彼らの視線が集まっているのが感じられた。

「注目、浴びてますわね」

「ああ。自然にイチャつけば、すぐに噂になるだろう」

ランチボックスを片付けて脇に置くと、クラウスはごく自然な様子でエリザの肩を抱き寄せた。

「っ……」

つい、ビクッと体を強張《こわば》らせてしまう。勿論、好きすぎてどうしていいか分からないからだ。

だが、クラウスはそうは受け取らなかった。

「お前が嫌でも、恋人ってのは触れ合うものなんだ。拒絶するなよ」

クラウスのことを好きになる前、軽蔑《けいべつ》していた時なら絶対嫌がっていただろう。

でも、気持ちが変わったら全然嫌じゃない。我ながら現金と思いながら、エリザは言った。

「嫌じゃないし、拒絶もしません」

「ハ。そういう設定な。聞かれてなさそうな時も徹底するんだな」

今の笑いは、いつもの皮肉なやつだ。クラウスの表情が、心情が分かってしまう。勿論、表層のみだが。

「嫌味を言うのはおやめください。仲睦まじく会話をしようとは思わないのですか」

「お前の言う仲睦まじい会話とはなんだ」

「……昨今の高位貴族の情勢ですとか」

「そういうの、お前ら大好きだもんな」

馬鹿にした声色にムッとする。

貴族間の動向は常に気を付けていないと、権力争いから気付けば脱落していたりするのだ。これも処世術だから貴人には情報交換は必須と言える。

しかし、クラウスは興味がないと態度で示している。そういうところが軽薄なのに厭世的《えんせいてき》で、今までは腹を立てていたのだが。

「では、殿下の仲睦まじい会話とはどのようなものですか。先ほどのような、心にもないおぞ気の走る言葉を並べたてることですか」

「言ったな？」

クラウスはエリザの方を向いて、顔を覗《のぞ》き込んだ。そして顎を指で優しく持ち上げる。

瞳が甘く煌《きら》めいていた。クラウスの目から視線が外せない。

クラウスが甘い声で囁く。

「エリザ」

「はい」

「俺のこと、好き？」

「……はい」

うに。

一瞬の逡巡《しゅんじゅん》はあったが、簡単に答えてしまった。こんなに軽く言うと、信じてもらえないだろ
だが、クラウスはくくっと喉の奥で笑うと更に続ける。

「返事じゃなくて、ちゃんと好きと言ってくれ」

「……好きです」

「名前も一緒に」

「クラウス殿下が、好きです」

なんでこんなに繰り返させるんだ、いい加減にしろ。

いくら本当に好きでも、普通にイラッとしてしまう。

すると、クラウスはまたくくっと酷薄に笑った。意地の悪い笑い方だ。

「たとえ、その気がなくとも実際に言葉にして発すると、それが意識に根付く。エリザ、お前はもう俺を意識せずにはいられない」

なんというか、小手先のテクニックだ。それに、もう既に好きになっているのに。

クラウスは、エリザが恋人のフリでそう言っていると思っているから仕方ないのだが。

「その手法がちゃんと効くなら、既に彼女も貴方に好意を持っていて目的は果たせているのでは？」

「別に、俺を好きにさせる為に近づいているわけじゃない。お前こそ、何のためらいもなく心にもない告白をして何とも思わないのか。人の心がない冷血漢め」

「貴方が言わせたのでしょう」

「その取り澄ました顔で周囲を見下しているのは分かってるんだよ！　ラウラだって……」

その名前は、二人の間ではタブーだった。

エリザはいつも注意深く彼女の名を呼ぶのを避けていたし、クラウスも流石にエリザの前でその名を呼ばなかった。

急激に冷え冷えとした空気が流れ込み、エリザは身じろぎして彼から離れようとした。クラウスも、抱き寄せていた手を放す。

普段のエリザなら、言葉の続きを求めただろう。ラウラがどうしたのだと。そしてクラウスも負けじと答え、舌戦になる。

今までなら、それで良かった。クラウスに何の気持ちも持っていなかったから、口喧嘩《くちげんか》でねじ伏せて、嘲《あざけ》り、彼の心を傷つけることに抵抗がなかった。

でも、今のエリザは違う。

そして、口論の本質は間にラウラが居るからではない。

決定的に信頼されていないからだ。

だからすぐ言い争いになるし、空気が悪くなる。

エリザが好きだと言っても信じてもらえない。このままでは、ずっと同じことの繰り返しになるだろう。

クラウスに好いてもらうには、まず信頼関係を築く。今までとは違うのだと分かってもらう。そして、エリザの気持ちを本当だと知ってもらうのがいい。

そうすれば、クラウスもエリザのことを好意的に見てくれる筈だ。

では、信頼関係を築くにはどうしたらいいだろう。

言葉を尽くしても、きっと駄目だろう。信じてもらえないのだから。

「…………」

エリザは無言のまま、そっとクラウスにもたれかかった。

クラウスが戸惑っているのが分かる。けれど、振り払われはしない。

しばらくそうしていると、再び彼の腕が肩に回って抱き寄せられた。

エリザは、自らもクラウスに抱き着いた。彼の胸に顔を埋《うず》める。

とてもあたたかくて、安心出来た。心地よかった。

「エリザ、どうしたんだ。お前から俺に接触するなんて」

驚きながらも、疑いの色が含まれた声だった。

そう、何をするにも疑われている。

エリザは静かに言った。

「私だって、恋人には甘えたくなります」

「甘えて、いるのか……？」

「はい」

クラウスの手が、頭を撫で始めた。頭頂部から、髪に沿って背中まで撫でていく。

ヴァイカート家の侍女《じじょ》たちが日ごろから熱心に手入れをしているおかげで、エリザの髪は艶々《つやつや》としていた。いつもは長い髪など面倒だと思っていたが、侍女たちが手入れしてくれていたことに感謝する。

はあ、と頭上で嘆息が聞こえる。きっと、髪の手触りに感心しているのだろう。エリザはますます甘えて、ぎゅっと抱き着いた。

すると突然、引きはがされた。

「もういい、離れろ」

「はい」

馴《な》れ馴《な》れしくしすぎただろうか。心がヒヤリとする。

離れると、クラウスはそっぽを向いて言い放った。

「行け。さっさと教室に戻れ」

「っ、礼儀を知らぬ振る舞い、申し訳ございませんでした。以後は気を付けますのでどうかお許しくださいませ」

言いながら、泣きそうだった。

好きな人に拒絶されるのは辛い。心が痛くて、瞳が潤む。

調子にのって、いきなり接触したからだ。もっとゆっくり近づくべきだったのだ。一時撤退して、距離を測らなければ。すぐに立ち上がって教室に向かおうとする。

すると、苛立《いらだ》った声がした。

「違う！　お前は、何も分かっていない」

「何が違うのでしょう」

「お前に抱き着かれて、俺がどんな気持ちになるか」

「ご不快な思いをさせてしまい……」

「違うと言っている！　男のことを何も分かっていないエリザには、想像もつかないだろうが。まあ、この際はっきりさせておくのもいいだろう。こっちを向け」

「はい」

エリザは素直にクラウスの方に向いた。彼はベンチに座ったまま、じっとこちらを見ている。

何だか、目がぎらぎらしているのは気のせいだろうか。

その瞳が、いつになく脅威を孕《はら》んでいるようでエリザは少し怖くなった。彼はきっと、怒りを抱いている。

その怒りを含んだ声で、彼は意外なことを口にした。

「俺は今、立てない」

「どうしてですか」

「どうしてだと思う」

急に足でも痛めたのだろうか。そう思って視線を落とした瞬間、アッと思った。

クラウスの股間部分が大きく膨《ふく》らんでいる。ズボンを押し上げているのは、見たことはないが聞いたことはあるアレだろう。

これは、そういうことだ。彼は、興奮状態にあったのだ。

「っ……！」

思わず、一歩下がってしまう。

他人に性的欲望を向けられたことのない処女は、怯えてしまうのだ。

勿論、エリザは知らぬところで様々な欲望を向けられているのだが、本人は意識したこともなく全く知らない。

そんな生娘《きむすめ》に、クラウスは遠慮なく言った。

「今すぐお前を抱きたい。抵抗されても、無理やりにでも犯したい」

「おっ、おか……！」

絶句し、今すぐに走って逃げたくなる。完全に腰が引けていた。

「仕方ないだろう、男の生理現象だ。最近忙しいし、その気も起きないしで全然ヌイてなかったから余計だ。だが、流石にそれはまずいと必死で我慢している。お前を追い払う理由が分かったか」

「その、我慢してくださってありがとうございます……」

エリザが丁寧に礼を述べると、クラウスの瞳のぎらつきが強くなった。

「だが、お前は俺の婚約者だし恋人だ。ヤってもいいか」

「よくありません！　婚前交渉は認められておりません。挙式まではいけません」

「そんなものは建前だ」

「ヴァイカート家では許されておりません」

家の名前を出して正気に戻そうとした。

だが、彼は冷静におかしな提案をした。

「バレないようにすれば問題ない。勿論、気持ちを抑えてこの場で飛び掛かるようなことはしない」

「あ、当たり前です！　こ、この場って、この場って……」

「いや、待て。婚前交渉が認められていないのは、初夜に処女の証《あかし》が必要だと言われているからだ。だったら、最後までしなければいいのではないか」

エリザは返事を放棄して逃げだした。

これ以上、ここに留《とど》まって会話をしていたら、本当に襲い掛かられそうな身の危険を感じていた。

おかしな事態になってしまった。

エリザは、二人の関係を良好なものにするには信頼関係が必要と思った。

その為には言葉を尽くすだけではなく、態度も必要だと考えた。心を開いて好意があると伝える為に、身を寄せたのだ。

それが、クラウスの性欲に繋がるとは。

エリザは警戒心が強く、パーソナルスペースが広い性質《たち》だったので、今まではクラウスに近づくのも必要最小限だった。彼が戸惑って指摘したように、エリザから近付いたことは皆無だった。

だから、こんなことになるとは夢にも思わなかったのだ。

どうしよう。

不安に思うが、こんなこと誰にも相談は出来ない。

しかしまあ、そうは言ってもクラウスも仮にも皇子殿下だ。婚約者であるエリザに無体は働かないだろう。

エリザは怯える心に蓋《ふた》をし、クラウスを信じることにした。信じるというより、そうであってくれと祈る部分が大きいが。


翌日から、昼休憩の時はクラウスが教室まで迎えにくるようになった。

周囲はざわついた。クラウスはお気に入りの平民より、やはり婚約者を取ったのかと。エリザたち三年生の間では、ヴァイカート家の圧力がクラウスにもかかったのかという見方が多かった。

下級生の間では、エリザにはクラウス以外に男が居るという噂が流れていたので、その火消しにエリザが慌てているのかと嘲笑《ちょうしょう》する向きがあった。

しかし、実際の二人の様子を見ると噂は消えてしまった。

まず、二人で歩く時は手を繋いで歩く。

それも、いわゆる恋人繋ぎというやつだ。最初に指を絡められた時にはエリザは動悸《どうき》がして心臓が口から飛び出そうになった。

そして食事だ。彼も皇宮からランチボックスを持ってくるようになった。

ベンチに並んで、一緒に食べる。時折、食べさせ合ったりもする。クラウスに食べさせるのは、餌付けをしているようでちょっと楽しい。逆に彼に食べさせてもらう時は、待たせているようで早く食べなければと焦るのであまり好きではなかった。

食べている間、クラウスは急かすわけでもないが、じっと見つめているのが常だった。

「あまり見ないで。食べにくいじゃない」

「食べてる姿、可愛い」

一瞬ドキリとする。しかし、ニヤニヤしているので演技の戯言《ざれごと》だと分かる。

「そう。どうも」

「離乳食を食べる子犬みたいだ」

「殿下、仮にも婚約者を犬に例えるのはいただけないわ」

「名前」

「クラウス！」

二人でいる間は、名前を呼び合い敬語は禁止となった。

しかし、長らくの癖でついつい殿下と呼んだり敬語が出たりする。

すると食事の後、クラウスはエリザを抱き寄せ、こう言うのだ。

「約束を破ったのだから、罰を与えなければ」

「っ……」

甘く囁かれ、エリザの心臓が跳ねあがる。

クラウスはエリザに顔を寄せ、こめかみにそっと口付けた。柔らかな感触に、ドキドキする。こめかみの次は、頬にキスされる。

罰、つまり言い間違えた数だけ、キスされるのだ。

裏庭にはいつもひと気が少なかったが、最近はエリザたちがベンチに居るのでそこかしこに生徒がチラチラ見に来ていた。勿論、近づきはせず遠巻きにしているのだが。

その野次馬たちは、この時には遠慮なく熱視線を送ってくる。密《ひそ》やかな興奮が周囲からも感じられていた。

恥ずかしくて、正直もうやめてほしい。そう言うと、クラウスにはお前が始めたことだと却下されてしまうのだが。

額にも、反対側のこめかみにもキスされたところでエリザは彼を制した。

「今日はそんなに言い間違えていないわ」

するとクラウスはエリザの耳に唇で触れ、そのまま囁いた。

「そうだったかな」

「やっ……」

ぞわぞわっとして体がビクンとなる。その反応を見たクラウスは低く笑って、耳に口付けた。

「耳、弱いな」

「殿下！　こんなことをされたら、誰でもくすぐったくなります」

「ほら、また名前」

そう言うと、クラウスはエリザの耳をかぷりと噛んだ。

「ひゃんっ」

変な声が出てしまって、唇を噛む。何故か耳に触れられるとドキドキして、耳以外の器官に反応が出てしまう。具体的に言うと、胸の先端と下腹部だ。こんな反応、したくないのに。

いやいやと首を横に振ると、彼はやっと離れてくれた。

じっと顔を見下ろされるので恥ずかしい。

顔を隠す為に、エリザはクラウスの胸に顔を埋めた。

すると、クラウスはエリザの髪を撫でたり、指を巻き付けたりする。

かと思うと、突然大きな溜息を吐いた。

「生殺しだ」

「…………」

見ないようにしているが、きっとまた下半身が大変なことになっているのだろう。

「離れて」

「はい」

素直に離れると、クラウスはまた溜息を吐いてから口を開いた。

「それにしても、よくこれだけ触れ合うもんだな。すぐにでも、俺の手を叩《はた》き落として席を立つと思っていた」

思わず周囲を窺《うかが》ってしまう。皆、チラチラ見てはいるが遠巻きなので会話までは聞こえないだろう。

エリザは小さな声で答えた。

「そのような真似《まね》はいたしません」

「以前のお前は、潔癖だった。俺にエスコートされる時に触れるのも嫌そうだった。ここまで許されていると、本当に好かれているのかと勘違いしそうになる」

今は、ブリリアントハートはポケットに入っているが魔力は込められていない。だから、エリザは好きに発言出来る。けれど、遠回しに好意は伝えたい。

「私とて、殿下との関係性に悩んでいたのです。溝《みぞ》が深すぎて、どう埋めるといいのかも分からない。今更と思われるかもしれませんが、信頼関係を築きたいのです。だから、貴方ともっと深く分かりあいたい……」

「っ……」

突然、クラウスがエリザの唇を乱暴に塞いだ。勿論、彼の唇でだ。

今まで、ふざけていても唇へのキスはされたことがなかった。

突然、どうしたのだろう。

肩を叩いて引きはがす。どういうつもりかと見ると、クラウスの瞳はギラついていた。

彼は、怒っているようだ。今の発言の何かが、彼を怒らせたようだ。何が悪かったのだろう。

「クラウス……」

何か気に障《さわ》りましたか、と言おうとすると、また唇を塞がれる。

噛みつくようなキスは、今度はエリザの唇を割り開いて舌が侵入してくる。首を振って離れようとしたら、後頭部をぐっと押さえられた。そのまま腔内《こうない》を舌で掻《か》きまわされ、怯え縮こまったエリザの舌を誘いだそうと舐《な》めまわされる。強引に絡められた舌を吸われ、蹂躙《じゅうりん》の模様を見せられる。

エリザは必死に離れようとした。頭がぼうっとして、意識が奪われそうだった。

このまま強引に押し倒されても、きっと抵抗なんて出来ない。息が苦しいけれど、下腹部がきゅんきゅんする。

ようやく離された時には、肩で息をハアハアとするほど息切れしていた。

そんなエリザを、クラウスは憎々しげに睨んでいる。

「お前は本当に癪《しやく》に障る女だ」

「何が、お気に召さなかったのでしょう……」

「俺は、お前との信頼関係など要らん」

「……！」

エリザが大切だと思っていたことは、クラウスには不要なものだったのだ。

では、どうすれば二人の仲を良好なものに出来るのだろう。エリザには分からない。

でも、エリザには大切だと思っていたことを告げて、謝罪して、早く修復しなければ。

少し仲良くなったと思ったらまた彼の機嫌を損ねてしまう。でも、なかなか言葉が出てこない。

己とクラウスとは本当に相性が悪いから、仲良くなることなど不可能ではないか。そんな絶望に囚《とら》われそうだった。

だが、歩み寄ったのはクラウスだった。

彼はぎゅっとエリザを抱きしめて言った。

「違う。違うんだ。お前を傷つけるつもりは無い」

何が違うのか、エリザにはまるで分からなかった。けれど、自分を害するつもりは無いと言ってくれたのは嬉しかった。

「はい……」

「エリザ、俺もお前との溝を埋めたい。以前のような不仲には戻りたくない」

「は、はい！」

彼の真意は分からないけれど、彼も歩み寄ろうとしてくれている。それは嬉しい。

エリザも彼の背に手を回して、ぎゅっと抱きしめる。

しばらく抱擁《ほうよう》していたが、クラウスが離れる気配がしたのでエリザも身を起こした。

クラウスは、なんだか複雑な微妙な表情をしていた。こうなると、エリザには彼の心情が慮《おもんぱか》れない。

クラウスはそのままの表情でエリザを見つめながら静かに言った。

「本当に嫌がらないんだな」

「ええ、嫌じゃないもの」

「無理やり口付けたのに」

その言葉で、さっきの口付けがファーストキスだと思い出す。顔に熱が集まって、恥ずかしく思いながらもう一度同じことを繰り返した。

「嫌じゃ、無かったの……」

「……なあ、もう一回していいか？　いや、もう一度したら無理やりその先まで進めてしまいそうだが」

「だ、駄目です！　さっきのだって、強引でした。初めては、優しくしてほしいのに……」

「つ……！　はぁ、我慢にも限界があるな」

クラウスが我慢して、本当はもっとしたいと思ってくれていることは嬉しいと思ってしまう。

その時、昼休みが終わるチャイムが鳴った。残念に思いながら、エリザは先にベンチを立った。

「教室に戻ります」

「明日は公務で、登校は出来ない」

「はい」

「昼休みはパビリオンに行ってくれ。一人では行動せずに、いつもの四人で移動するように」

心配してくれているらしい。

それに、明日の予定をちゃんと教えてくれた。今まではそんなこと、絶対無かった。歩み寄ってくれているのが実感出来る。

「はい。お気遣い感謝します」

「今日の敬語と殿下呼びの分は、明後日《あさって》に罰を与える」

エリザは思わず赤面してしまい、逃げるように校舎に戻っていった。

小走りに行きながら、エリザはそっと自分の唇に手を当てる。

クラウスの感触がよみがえり、エリザは一人廊下で両手で顔を覆って身悶《みもだ》えたのだった。

第四章

ブリリアントハート

今日は学園にクラウスが居ない。

そう思うととても寂しくて、早く顔が見たいと思う。

少し前までは、顔も見たくなくて無視していたのに、我ながら手のひら返しがすごい。

毎日会って喋《しゃべ》って、手を繋《つな》いで抱擁《ほうよう》しているから、そのぬくもりが恋しい。

それに、昨日は唇にキスをされてしまった。怒っていたみたいだが、どうして怒ったのか聞いたら教えてくれるだろうか。

それでも、最後には優しくしてくれた。以前の不仲な関係には戻りたくないと言ってくれた。

少しは進展しているようで、嬉《うれ》しい。

そんなことを思いながら授業をこなし、昼休みにはパビリオンに向かう。

そこで見たのは、憂《うれ》い顔で溜息《ためいき》を吐《つ》くローゼリンデだった。

「え。どうしたの、ローゼ」

「別に、どうもしない」

「絶対嘘《うそ》でしょ。そんな大人っぽい顔になって……」

数日見ない間に、何故《なぜ》かローゼリンデは憂いの中に艶《つや》っぽさを含んでいた。

今まではもっと子供っぽい、無邪気であっけらかんとした雰囲気だったのに。

ちらりとアデリナを見ると、護衛騎士は苦い顔のままで何も言わない。きっと話を振ってもアデリナは吐かないだろう。

まさかとは思うが、レオンはローゼリンデに手を出してしまったのだろうか。伯父の後宮に嫁ぐ皇女にそんなこと、普通じゃ考えられないが。

エリザの心を読んだのか、ローゼリンデが先回りして言う。

「心配せずとも、致命的なことはしていない」

「それなら、いいけれど」

「わらわも色々、考えることがあるだけだ」

「大人になったのねえ」

一番子供っぽかったローゼリンデが、急に大人の階段を登ってしまったようだ。

しみじみ言うと、ぼんやりしていたローゼリンデの視線がひたとエリザを射抜いた。

「エリザはどうなんだ。ずっとあの愚弟《ぐてい》とイチャついているとは聞いたが」

「い、イチャついて……、それは仲睦《なかむつ》まじさを装うために、昼休みの間だけよ」

「それ以上の仲にはなっていないのか」

「当たり前でしょ！　それ以上だなんて、そんな……」

言いながら、顔がカーッと熱くなる。

それ以上のことを、クラウスは望んでいるみたいだった。制服のズボンが窮屈そうになっているのも見た。

彼が強引に迫ってきたら、その時はどうしたらいいのだろう。

断るべきだが、自分に断ることが出来るだろうか。

そんな妄想で、エリザは恥ずかしくなって両手で顔を覆う。

「まだ手出しされていないようで安心した」

「だから、それが当たり前なの！」

そこでマリーナが助け船を出してくれた。

「エリザ、下級生を中心に広まっていた噂《うわさ》だけれど。やっぱりエリザの恋人はクラウス殿下《でんか》だってことに落ち着いたわ」

「そう。ありがとう」

ほっとしてお礼を言うと、マリーナは微笑《ほほえ》む。

「二人が仲睦まじいから、信ぴょう性も高くて以前の噂は立ち消えたわよ。良かったわね」

「でも、結局その噂を流した犯人も明らかに出来なかったし、どうしたものかしら」

エリザが考え込むと、マリーナは新しい情報を口にした。

「一部の下級生の間で、派閥が出来ているらしいの。学園内では厳格に平等であるべきだっていう、高位貴族と対立するものよ」

「ああー。そういえば、そんなこと言ってたわね」

ラウラが、パビリオンを特権とせず開放すべきだ、と唐突に主張してきたことを思い出す。

ローゼリンデが口を挟む。

「だが平民の数は少ない。平民全てがその派閥に属しても、どうということはないだろう」

「今は数は少ないけれど、下級貴族や地方の有力貴族も取り込んでいっているみたい。このままじゃ学園内で大きな対立が起こるでしょうねえ」

マリーナが憂うと、ローゼリンデはきっぱり言った。

「わらわは、扇動《せんどう》しているのはあの女だと思う。早く排除すべきだ」

あの女、つまりはラウラだ。気持ちは分かるが、エリザは冷静に諭《さと》す。

「証拠がなければ、排除も難しいわ。今のところ、成績優秀な模範生のようだし」

ローゼリンデが無表情に言う。

「あの女、何かある。この扇動も、目的を持ってのものではないか」

「……！　何かって？」

エリザは思わず食いついた。

ローゼリンデは今まで表面しか見ずに、ラウラが単にクラウスからの寵愛《ちょうあい》を狙っていると考えていた筈《はず》だ。エリザだってパピリオン開放の主張は、ただの浅はかな平等思想のもとに言ってきたのかと思っていた。

それが、何かあると睨《にら》むとは。

もしやラウラがイオナイトの一味であると分かったのだろうか。

クラウスが調べても今のところは、繋がりを匂わせるものは何も無かった筈だが。

だがローゼリンデは首を横に振った。

「そこまでは分からん。だが、単に平等運動を主張する女では無さそうだ。きっと裏がある。それを明かしたい」

「ローゼがそんな風に思うなんて」

思わず目を瞠《みは》る。学園内の揉《も》め事にも目を配《くば》るようになったのだ。恋、恋うるさかった少し前とは全然違う。一体どうしたのだろう。

エリザの考えていることが分かったのか、ローゼリンデはいつもの無表情のまま拗《す》ねる。

「わらわだって色々考えている。この件、皆にも協力してもらうが構わないな」

「ええ」

「勿論《もちろん》」

アデリナだけは難しい顔をして苦言を述べる。

「あんまり危ない真似《まね》はすんなよ。それに、ローゼはフィオニス国王の後宮に入ることは決まっているんだ。立場を分かってるよな？」

「分かってる！」

だが、ローゼリンデの決意は固そうだった。

彼女がラウラを排除しようとするのは、目障《めざわ》りでかつエリザを追い落とそうとしているから、という理由だけだろうか。

エリザはちらりとそんなことを考えながら、ランチボックスを開けたのだった。


今日はクラウスも居ないし、パビリオンに闖入者《ちんにゅうしゃ》は現れなかった。四人はゆったり昼休憩の時間を過ごし、予鈴が鳴る前にそろそろ行こうかと立ち上がる。

校舎に戻る為《ため》に通る庭園では、まだたくさんの生徒が休憩中だった。

四人が歩いて校舎正面入り口に向かうのを、皆が見るともなしに見ていた。

だが、急に周囲がざわつきだした。

エリザたちの歩く真正面から、ラウラ・クナイストが向かってきているからだ。

通常、下級生は上級生に道を譲るものだ。そうでなくとも、皇族と五大公の子女たちだ。誰もが脇に退くのが当然だ。

だというのに、ラウラはずんずんと四人に近づいてくる。

これは揉め事になるのではないか。皆がひやりとして注目する。

四人はそれを見てとると、先頭をアデリナに譲った。護衛騎士であるアデリナが皆を護《まも》ろうとしたのだ。

だが、ラウラはアデリナに接触する前に派手に転んだ。

あっけにとられるような激しい転倒の仕方だった。

そして大きな声を出したのだ。

「いったーい！　エリザ先輩、ひどいですー！　私を突き飛ばすなんて！」

見ていた皆は、何を言っているのだと思う。

だがその声を聞いて注目した者や、後から駆けつけてきた者、特に一年生はそうは思わない。

なんだどうした、あの五大公とラウラさんが揉めている、ラウラさんは虐《いじ》められているのでは。

そんな声が聞こえる。

地面に座り込んだまま、ラウラは涙目でエリザを非難し始めた。

「いくら私が気に入らないからって、何もしていないのに暴力を振るうなんてひどいです！　クラウス先輩に私の方が好かれているのだって、私のせいじゃないのに……！」

エリザは一歩前に出て、彼女を見下ろしながらはっきりと言った。

「私は貴女《あなた》に触れていないわ。貴女が勝手に転んだのでしょう」

「そうです」

そんなことない、とでも言おうとしたのだろう。だが、ラウラの口は肯定の返事を発した。

ラウラの瞳が驚愕《きょうがく》に見開かれる。他の三人も驚いてラウラを見つめた。

エリザは続けて質問する。

「目的は何なのかしら。私の前で派手に転んで、それからどうするつもり？」

「お前の評判を落とし、最終的には学園から追い出してやるつもりだ」

ますます、ラウラが驚いた表情をする。自分の口から零《こぼ》れる言葉が信じられないのだ。

周囲もそれは同じだ。ざわめきながら、人が集まってくる。

「どうして私を追い出したいの」

「理由はいくつもある。五大公保守筆頭、ヴァイカート家の娘が退学になれば保守派には大層な失態だろう。それにあのクラウス、私に靡《なび》く素振りを見せたかと思ったらお前の元に戻る、とんだヘタレ皇子だからな！　戻る場所を無くせばいい」

「クラウス殿下の皇妃になりたいから、そうするのかしら」

「まさか。そんなのは狙ってはいない。あいつにはイオナイトの御旗《みはた》になってもらう」

「……！　今、イオナイトって言った?!」

エリザの鋭い言葉に、聞いていた者は全員息を呑《の》んだ。

イオナイト。反魔法・科学信奉のテロ集団だ。

そのイオナイトが、この魔法学園に居るなんて。

ラウラはこの場に居るのはまずいと思ったのだろう。突如《とつじょ》立ち上がり、走り出した。だが、周囲には人垣が出来ている。

「どけ！　邪魔だ！」

いつもの媚《こ》びるような様子はかけらもない表情でラウラが怒鳴ると、前方の生徒たちは慌てて避《よ》けようとする。

その前に、ローゼリンデが命じた。

「アデリナ、確保せよ」

「ハッ！」

アデリナが後を追って走り出す。

幼い頃から騎士の訓練を受け、厳しい特訓を繰り返しているアデリナの脚力だ。すぐに追いついて、簡単に確保出来ると皆が思った。

だが、追いつかれるとみるやラウラは振り返って、アデリナに向かって身構えた。

魔法ではない。魔法学園内で、対人魔法は禁止され、行使出来ないようになっている。

つまり体術だ。

ラウラは構えるや否や、アデリナに飛び掛かって鋭い突きや蹴りを繰り出した。

アデリナは拳をなんとか避け、蹴りをガードする。

ラウラの体術は素人目《しろうとめ》に見ても一級で、戦い慣れている。一方アデリナは騎士だから、剣の戦いが基本だ。それなのに今は帯剣していない。そのうえ実践経験のないアデリナが敵《かな》う相手ではなかった。ラウラの膝蹴りが、アデリナの腹部に思い切り入った。

「ぐぅっ……」

「アデリナ！」

腹を押さえて前かがみになるアデリナに、更に攻撃を仕掛けようというラウラ。

「……っ」

そこに割って入ったのは、レオンだった。

レオンはアデリナを庇《かば》うように、両手を広げたまま立ち塞がっている。

ラウラが攻撃しても、そのまま蹴り、殴られた。反撃しないのだ。重い打撃音に、女生徒が悲鳴をあげる。

「どけ、薄汚い西の蛮族《ばんぞく》め！」

ラウラの中傷にも、レオンは表情を変えずに言う。

「俺がこの国の生徒に手を出したら、国際問題になるんでね」

「だったら、俺が出す」

その言葉と共に突如現れたのは、軍服姿のクラウスだった。

公務中の筈だが、騒ぎを察知して学園内に転移してきたのだろう。

レオンは瞬時にアデリナを抱きかかえ、同時にローゼリンデを安全な場所まで移動させる。

マリーナも慌ててそちらに駆けていく。アデリナに癒しの魔法をかけるつもりだろう。

人垣が遠のき、クラウスとラウラの周囲に空間が出来た。

「あーら、クラウス殿下。可愛《かわい》いガールフレンド相手に、手を出せるんですか」

ラウラが嘲笑《ちようしよう》と共に話しかける。クラウスが答えた。

「俺はお前のことを、可愛いともガールフレンドとも思ったことはない」

クラウスは無表情でキリッとしている。

あの時と同じだ。エリザがクラウスに一目惚《ひとめぼ》れした時と。

恰好《かつこう》いい……。

そんな場合ではないのに、エリザは彼に見惚《みと》れた。

ラウラはそのクラウスに、憤怒《ふんぬ》の表情を向ける。

「女好きな阿呆《あほう》皇子なんて、すぐ籠絡《ろうらく》出来ると思っていたのに！」

「残念だったな。お前の目的などお見通しだ」

それを聞くと、ラウラはクラウスに飛び掛かった。

二人の体術は、エリザの目には追いつけないほど素早い。互いの攻撃を避け、捌《さば》きながら一撃の機会を窺《うかが》っている。

だがやはり、リーチが長く力も強いクラウスが有利だ。じわじわとラウラが押されていく。

ラウラは苦し紛れに大振りに殴りかかる。クラウスがそれを避けて、がら空きの胴に拳を叩《たた》き込もうとする。

だがそれは罠《わな》だった。その瞬間、ラウラがクラウスの胸元に飛び込んだ。

手にはキラリと光る物が握られていた。ナイフだ。

「クラウス！」

思わずエリザが絶叫する。

クラウスは冷静にラウラの手を摑《つか》み取る。そして、彼女を投げ飛ばした。

背中から地面に叩きつけられたが、すぐにラウラは起き上がろうとした。

その隙《すき》を狙って、エリザは結界を張った。ラウラの周りにだ。

「くそ！」

ラウラがドンドンと透明な壁を叩く。結界を叩き壊そうとしても無理だ。物理攻撃を弾《はじ》く結界だから、ラウラは攻撃から護られた状態となった。

「もう貴女は籠《かご》の中の鳥よ。質問に答えてもらうわ」

エリザがそう言いながら近づくと、ラウラは結界の中で暴れながら睨みつけた。

「皇国の犬が！」

「貴女はイオナイトの一員なの？」

エリザの質問に、憤怒の表情のままラウラが答える。

「私の祖父はイオナイト創設者の一人。私はイオナイト幹部、ヴォーリーズの一員だ！」

「なんだと……！」

クラウスが驚いた声をあげた。

エリザは知らない単語だが、クラウスには分かるのだろう。

続けて何を質問し、何から聞いていこうかと思っていると、背後からローゼリンデの声がした。

「この場はわらわが、第一皇女ローゼリンデが預かる！　皆の者、校舎の中へ！　早く去らぬか！」

周囲を見渡せば、もう授業が始まっているというのに、次から次へ生徒が庭園に出てきて大騒ぎになっている。

ローゼリンデが皆を促《うなが》し、復活したアデリナとレオンが校舎に戻れと注意していく。教師もやって来たので、生徒たちのざわめきも徐々に落ち着いてくる。

盗み見ると、クラウスは通信機を使って軍部に連絡しているようだ。イオナイトやヴォーリーズ、という単語が聞こえてくる。

しばらくするとようやく収拾がついて、生徒たちは少しずつ去っていく。

その間、エリザは結界を見張っていた。ラウラが憎しみを込めた目つきで睨みつけている。エリザは彼女に尋ねてみた。

「そんなに私が憎いの」

「当たり前だ！　革命の暁《あかつき》には、お前をまず切り裂いて、はりつけにしてやる」

「革命ねえ。色々お題目を唱えようと、結局は金銭目当ての薄汚い犯罪者じゃないの」

「保守主義とは名ばかりの差別主義者め。たまたま貴族に生まれただけで民を見下す諸悪の根源がお前らだ」

「差別主義者は貴女でしょ。レオンへの暴言、皆が聞いたわよ」

「っ……」

ラウラはレオンのことを、薄汚い西の蛮族とまで口走ったのだ。あれが彼女の本音なのだろう。

「自分たちは差別されていると主張しながら、他の民族を見下す。ダブルスタンダードな時点で、イオナイトなんて存在にも値しない犯罪組織だとよく分かるわ」

「このクソあま！　死ねー！」

ラウラが口汚く罵《ののし》り絶叫する。猫を被《かぶ》っていた可愛い女子生徒の姿は面影もない。

やはり、ブリリアントハートは恐ろしい魔道具だ。

そう。エリザはラウラが向かってきた時点でこっそりポケットの中のブリリアントハートに魔力を充填《じゅうてん》した。そして、彼女が派手に転んだ時に物質転移の魔法で、ラウラのポケットにブリリアントハートを入れたのだ。

軍部との連絡を終えたらしいクラウスがやって来て、エリザを庇うように立つ。

「エリザ、もうこいつと話すな。すぐに部隊の人間が来る。引き渡す」

「ええ。結界はその時に解けばいいかしら」

「いいや。攻撃無効化の捕縛《ほばく》魔道具がある。お前は結界を解いてすぐに去るんだ」

「分かったわ」

ということは、結界を解いてすぐにブリリアントハートを回収しなければいけない。

皆が注目している前で、物質転移の魔法を使うのはバレないかヒヤヒヤする。

しかし、このまま放っておいたら軍に引き渡し後、身体検査をされてブリリアントハートの存在が明るみに出てしまう。これはヴァイカート家の至宝だ。また皇国に取り上げられてはたまらない。

エリザが注意深く結界を解くと、捕縛の魔道具をクラウスが展開する。

その時、ラウウラは吐き捨てた。

「このまま、妙な術で喋らされてはたまらない。イオナイトに栄光あれ！」

そして、躊躇《ちゆうちよ》なく舌を噛《か》んだのだ。ラウウラの口から血が溢《あふ》れ出る。

すぐにクラウスが捕縛し、口を開かせ横に寝かせた。

「癒しの魔法を！」

「はい」

マリーナがまた駆けつけ、すぐに治癒魔法をかける。

その騒動の隙に、エリザはラウラのポケットからブリリアントハートを転移させた。

マリーナの魔法のおかげで、ラウラの容態はすぐに安定した。

すぐにクラウスがエリザを見つめる。

「妙な術、と言っていた。エリザ、何かしたのか」

「いいえ、私は何も」

「何故こんな騒ぎになったのか、分かるか」

「私たち四人が校舎に戻ろうと歩いていると、急に向かってきて転んで、錯乱し始めたのです。私たちにもさっぱり。ねえ、ローゼ」

ローゼリンデに振ると、彼女も頷《うなず》いた。

「その通りだ。わらわにも、術とはなんのことか分からん。ただ、この女が学園内で扇動しているという噂は聞いていた。もしやその扇動が上手《うま》くいくと踏んで、自爆したのではあるまいか」

そこまで話した時、ローゼリンデの隣でマリーナが体をふらつかせるのが見えた。エリザは駆け寄って支える。

「マリーナ、大がかりな治癒魔法を連発したから。少し休んだ方がいいわ」

「ええ。エリザ、保健室まで送ってくれる？」

「勿論よ」

マリーナと共に校舎に向かうエリザに、クラウスが声をかける。

「後で詳しい事情をまた聞くかもしれない」

「ええ」

振り返ると、クラウスは鋭い視線でこちらを見ていた。

疑惑の視線だった。

保健室に行くと、エリザたちは堂々と保健教諭に退室を求めた。

これから、内密の話をするからだ。五大公の子女二人の求めに、教諭は快《こころよ》く出て行ってくれた。

二人でベッドに腰かけると、マリーナはポケットからブリリアントハートを取り出した。

ラウラから回収する時に、あえて自分のポケットには戻さず、マリーナのポケットに転移させたのだ。

そのマリーナがにっこり笑って、優しい声で問いかける。

「エリザ。どういうことか、ちゃんと教えてくれるわね」

どうしてだろう。いつも通りの優しい笑顔と鈴を転がしたような麗《うるわ》しい声なのに、圧が強い。何故かヒヤリとしたものを感じて、エリザは首を縦にぶんぶん振った。

ブリリアントハートを受け取ってベッドの上に置く。大振りのハートはまだ真っ赤に輝いていた。

「少し前に、お祖父《じい》さまに頼まれごとをされて忙しくしていたでしょう。それが、これ。自分の意思に関係なく、本当のことを答えてしまうという恐ろしい代物《しろもの》よ」

「これをさっき、彼女に使ったのね」

「そう。で、自分の手元に戻したら、質問された時に私まで本当のことを言ってしまうでしょう。危ないと思ってマリーナに渡したの」

その予想は当たって、クラウスは自分に問いかけてきた。質問されても平然と誤魔化《ごまか》せたので、マリーナの元に転移させたのは正解だった。もし自分のポケットに入れていたら、嘘がつけずにややこしい事態になっていただろう。

「私が余計なことを言ってしまうとは思わなかったの」

小首をかしげるマリーナに、エリザは微笑みかける。

「マリーナは日頃から嘘なんてつかないし、大丈夫だと思って。それに」

「それに？」

「うちに嫁いできたら、マリーナの物になるのよ。今から持っていてもいいでしょ」

「まだ分からないわよ。私、エリザは好きでも貴女のお兄さまとはあまり相性が良くなさそうだもの」

またマリーナはそのようなことを言う。

五大公間の婚約は、仮約束のようなものだ。

過去の戦乱の歴史では、生まれて間もない赤子同士を婚約させ、同盟の証《あかし》としたらしい。人質の意味もある。それもすぐ裏切られたり、破棄されたりであやふやな約束にしかならないが。

そういう歴史があるので、五大公の間の婚約はいつでも解消できる仮予約のようなものなのである。

でもエリザにしてみれば、大好きなマリーナがどことも知らない家に嫁ぐよりは、兄と結婚する方が断然いい。

「そんなこと言わないで。うちに嫁に来てよ～」

「そもそもエリザは嫁いで居なくなるでしょ」

「いつになるか分からないもの。それにさっき、めちゃくちゃ疑われてた。まあ本当に私のせいなんだけど」

クラウスは思いっきりエリザを疑いの眼差《まなざ》しで見ていた。

確かに怪しさこの上ない。

今までずっと口を割らなかった、イオナイトの一員と疑っていた女が、クラウスの居ない日に限って突如自爆して自ら幹部だと暴露したのだ。

向こうからエリザに絡んできたのだが、見ようによってはエリザが反撃を食らわしたようなものだろう。実際そうだし。

ただ、知らぬ存ぜぬを貫《つらぬ》いて何も言うつもりはない。

エリザはブリリアントハートを手に取って言った。

「これの存在は、伏せておいた方がいいの。しばらくは、屋敷で寝かせておくわ」

少し離れた場所への物質転移は、術式の構築に時間がかかるが勝手知ったる自室へなら簡単だ。

エリザは手の中の至宝を無事に自室へ転移させた。それから保健室のベッドにばふっと仰向《あおむ》けに倒れこむ。

それから独り言のように言った。

「言い訳しなきゃ。また険悪な空気になるだろうから、色々考えなきゃいけないけど、いつもこうじゃ疲れちゃうな……」

自分が好きで溝を埋めようとしているが、大体疑われて言い争いになって、といつものパターンを考えると憂鬱《ゆううつ》にもなる。実際疑われるようなことをしているエリザが悪いのだが。

マリーナがよしよしと頭を撫でてくれるから目を瞑《つぶ》る。手つきが優しい。

クラウスが撫でてくれると、優しいだけでなく官能を呼び起こすからドキドキしてしまう。マリーナはひたすらに心地よく撫でて、そして優しい声で言った。

「そんな婚約者、もう捨ててしまえば」

「えっ……」

驚いて思わず目を見開いた。

マリーナはいつもの麗しい笑みのまま続けた。

「エリザが我慢して、苦労して、このまま辛《つら》い思いをしてまで嫁ぐ必要ないわ」

「それは、嫌なの……」

「エリザは本当に、クラウス殿下に嫁ぎたいの？」

その言葉に、こくりと頷く。

「うん……」

「あんなに嫌がっていたのに」

「人の心はうつろうものよ」

「そうね。皆、変わっていく。エリザも、ローゼリンデも。寂しいわ」

いつも皆をまとめる、どちらかといえば見守り役として一歩引いていたマリーナがそんな風に思っていたなんて。

エリザも起き上がって、マリーナの頭をよしよしとした。

思えば、マリーナは昔から大人びていて、優しくて頼りになる存在だった。だから、その優しさに皆で甘えまくっていた。マリーナはよしよしする方で、誰にもされていなかったのだ。

そのマリーナがぽつりと呟《つぶや》く。

「私、男の人を好きになったことがないの。このまま、誰も好きにならずに嫁ぐのかしら」

「いつか誰かを、突然好きになるかもよ」

「あまり、私自身は変わりたくはないの。でも、皆が変わっていくのを見ていると、取り残されたように思えて寂しくもある。心って厄介だわ」

「マリーナなら、相手から熱烈に愛されて自分は変わらずに済みそうだけれど」

「そんな風に愛されたこともないわ」

誰から見ても美人で胸も大きくて優しいマリーナだから、気付いてないだけで男の人は皆好きな気がするが。エリザの兄のように、妻にも利便性を求める合理的すぎる男はおかしいと思う。

「私が男だったら、マリーナと結婚したい。結婚出来たらすごく嬉しいと思う」

「ふふ。ありがとう。私も、エリザが男性だったら結婚してほしいわ」

「でも、マリーナはクラウスが気になるの……？」

さっき、結婚する必要はないと言われたのは、クラウスを狙っているからかもと思ってドキドキする。マリーナがクラウス狙いなら勝ち目は薄い。

それで恐る恐る聞いたのだが、ふふっと笑われた。

「どうかしら」

「マリーナ……」

「そんなに不安そうにして。恋人のフリが本気になったのかしら」

今なら信じてもらえるような気がする。初めて告白するかのような緊張を持って口にする。

「本当に、好きなの……」

「貴女が望むなら応援したいけれど。でも、明日以降もまだ態度が悪かったり、ぐずぐずヘタレたことを言っていたら、もう振ってやりなさい」

「そ、そんなの無理よ……」

強気すぎる。けれど、そういう気概でいけということだろうか。弱気な口ぶりになるエリザに、マリーナは厳しい忠告を述べた。

「男の顔色を窺って、言うこと聞くだけの女なんてすぐ飽きられるわよ」

「うっ……」

「相手が不機嫌になる度にすぐ謝って悪いところを直そうとするのも駄目」

「うぅっ……」

全て、思い当たることがある。

好きになって立場が一段下になる、惚れた弱みというやつは厄介だ。

でも、マリーナの言う通りだとも思う。それくらいの気概でいこう。

こくりと頷くと、マリーナが微笑んでくれる。

突然、保健室の扉が開いた。教諭が戻って来たのかと思ったが、ベッドに顔をのぞかせたのはアデリナだった。

「ローゼやクラウスはもう皇宮に戻った。皆も家に帰っていいって」

「そうなんだ。今から授業に出る気もしないし、帰ろうかな」

「アデリナ、顔色が悪いわ」

「ベッドで休む？」

心配したのは、当然マリーナだ。そう言われてみれば、アデリナはいつもより表情も暗い。

エリザがそう言うと、アデリナは二人の真ん中にぎゅうぎゅうと押し入ってきた。三人並んでベッドに座ることになる。

そして、アデリナは慟哭《どうこく》した。

「悔しい！　何も出来なかった」

「そんなことないわ。アデリナが追いかけてくれなかったら、逃げられてたもの」

「そうよ。彼女を捕まえられたのは、最初にアデリナが追いかけてくれたからよ」

二人で口々に慰めるが、アデリナは俯《うつむ》いてしゃくりあげる。

「でも、全然相手にならなかった。レオンもクラウスも、強かった。あんな女くらい、すぐ取り押さえられるって舐《な》めてた。油断してた。でも私よりずっと経験豊富だった。最近、訓練もろくにしてなかったから駄目なんだ。くそー！」

「あの女、テロ組織の幹部で実行部隊だったんじゃないかな。動きがただ者じゃなかったもの。アデリナだって、訓練したら強くなるわよ」

「アデリナが護衛として居てくれたから、ローゼも私たちも安心出来ていたのよ。今日負けたのも、変わるきっかけになるでしょう」

二人で励ますと、アデリナも落ち着いてくる。

マリーナはアデリナにハンカチを渡して、頭を撫でてあげている。エリザも一緒に、よしよしとした。するとすぐにアデリナは立ち直った。

「今から、訓練する。自分を叩きなおす。そして、次は勝つ！」

「こういう、すぐに気分転換出来るのは美点よね。羨ましいわ……」

「まあな！　うじうじ落ち込んでも仕方ないからな！」

泣いたと思ったら、すぐ笑う。

そういう、さっぱりした気性がアデリナのいいところだ。

「じゃあ、行ってくる！」

「私たちも帰るわ。行きましょ」

「ええ」

なんてことのない話をしただけで、気が軽くなった。学園の脅威は無くなったのだし、アデリナのようにさっぱりやっていきたい。


翌日は、かなりの数の軍人が学園内で捜索をしたり、生徒に聞き取り調査をしたりで皆、授業中も気がそぞろだった。それほど、学園にイオナイトの幹部が潜り込んでいたのは大事らしかった。

エリザは後日、個別に詳細を伺いたいとのことで学園内での聞き取りは行われなかった。他の生徒に聞かれたらまずいことを知っていると思われたのだろうか。

クラウスもローゼリンデも登校しなかった。皇宮でも何らかの対策が取られているのかもしれない。

分からないことだらけだったが、その翌日には二人とも登校した。

昼休みに迎えにきてくれたクラウスを見て、エリザは目を見張った。

今までのニヤニヤ笑いが消えていた。

それだけではない。これまで彼が纏《まと》っていた厭世感《えんせいかん》というか、世を斜めに見ていた雰囲気がまるでなくなっている。何の表情も浮かべない、真顔で彼は言った。

「話があるんだ。聞いてほしい」

「え、ええ……」

一体何だろう。前回、最後に会った時はあからさまに疑われていたようだったから、疑惑の目で見られて尋問でもされるかと思った。

しかし今のクラウスはエリザに嫌疑をかけている雰囲気ではない。

まるで別人のように自然体に見える。

それでも、エリザと繋ぐ手は恋人繋ぎだ。調査対象であったラウラが居なくても、恋人設定は続けてくれるのだろうか。

いつもの裏庭のベンチに行き、先に食べてしまってから話したいということなのでとりあえず腹を満たす。ランチボックスを、食べた気もせず機械的に口に運んでとにかく食事を終わらせた。

会話もなく、気詰まりになるかと思いきや、クラウスの雰囲気が穏やかなのでそうでもない。

いつもは他人を小馬鹿にしているのが透けて見えていたのに、本当に一体どうしたのだろうか。

食べ終わった頃を見計らって、エリザは水を向けた。

「それで、話っていうのは？」

「そうだな。俺は、軍の中でも特殊な部隊に属していた」

わない。

「昨日付けで、その部隊から解放された」

「ええ。軍服を着ていたものね」

それだけではなく、彼が対テロ組織、対イオナイトの実行部隊の一員として活動していたのを知っている。クラウスを好きになったきっかけでもある。だがその辺りはまだ伏せてあるので何も言わない。

クラウスは、意外な言葉を続けた。

「昨日付けで、その部隊から解放された」

「え？　そうなの」

イオナイトの幹部を捕らえたのだから、手柄をあげたことになりそうなのに。クビや出世ではなく解放と言ったところに、何かあったのではないかと思う。

「正直助かった。その部隊に入ってから、俺は訓練を受けていた。騎士や剣士の訓練ではない、全くの別物。効率よく相手を殺す、殺人の訓練だ」

確かに、映像で盗み見したクラウスは顔色も変えずに相手を射殺していた。

「……でもそれは、国に対して悪事を行う犯罪者相手でしょう？　それなら殺人ではなく、民を守る訓練ではないのかしら」

「そんな甘いものではない。俺は、決して口には出せないような汚い真似をたくさんしてきた」

「私は、そのようなことはないと思っているわ」

そう言いながら、クラウスの手を握る。

身分ある殿下と呼ばれる人の手でありながら、軍人の手だった。

「本当に変わったな、エリザ。以前は俺と近づいて話すのさえ嫌そうだった。俺は、お前に嫌われていたことは自覚していた。婚約を解消したがっているのも知っていた。婚約解消に反対していた理由の大半は、嫌がらせだった。お前の望み通りにしてたまるか、と反発していたんだ」

「貴方《あなた》も私のこと、嫌っていたものね……」

分かっていたことだが、改めて言われるとつらい。

しかし、彼は首を横に振った。

「嫌っていたというより、何も知らないくせにと見下していた。俺は特殊な任務をこなして、国の為に働いている。それも知らずにのうのうと過ごしている、と思っていたんだ。軍に所属したのは自分の意思だし、エリザが何も知らなくて当然なのにな」

「貴方の立場になったら、そう思うのも仕方ないわ」

エリザだってクラウスのことを女遊びが激しい、軽薄でだらしない皇子だと思い込んでいた。

それが違うと分かると、手のひらを返して好きになったのだが。

「でもそういう、何も知らないエリザとの繋がりこそが、俺を日の当たる場所にとどめてくれていると分かっていた。だから、婚約解消には断固反対したんだ。俺の手は汚れすぎて、もうまともな生き方は出来ないんじゃないか。そう考えない夜はなかった」

この言葉で分かった。

クラウスは、軍の任務をこなす度に心を痛めていたのだ。

きっと、あの夜の一件だってそうだろう。

ならば、エリザがあれを見たことは、絶対に伏せなければいけない。

エリザは別の事を口にした。

「そもそも、皇子であり皇后陛下の実子である貴方が、どうしてそんな軍の実行部隊のようなところに所属になったの」

「アベル殿下の指示だ」

「やっぱり……」

「特殊部隊を指示する立場の皇族が必要だ、と。どっちにしろ、学園卒業後は軍属となる。それくらい、簡単にこなせると思っていた。だが、所属してみると末端の一兵卒として訓練から仕込まれた。学園との両立は、正直キツかった」

「よく今まで出来たわね。その方がすごいわ」

エリザが感心すると、クラウスは静かに見つめてきた。

「解放されたのは、エリザのおかげだ」

「私？　何もしていないけれど……」

「まず、ヴァイカート家当主が声をあげてくれた。第二皇子である俺が、役職もないまま特殊部隊の一員で居るはおかしいってな。要約すると我が孫息子となる男には相応の立場が必要だ、ってことだろ。あの爺《じい》さま、俺の後ろ盾になると明言したんだ」

「あっ、それは……」

ご褒美で、クラウスとの結婚を後押ししてほしいと頼んだからかもしれない。

祖父は基本、エリザやクラウスのことは静観していて、最後に結婚するなら途中経過はどうでもいいと口を出さない。むしろ、困った事態になっても己の力で切り開けと手は貸さない主義だ。

それを、助けたのだ。

ご褒美は何がいいかと聞かれた時、クラウスのことを言っておいて良かったと心底ホッとする。

「兄は、卒業後には役職を用意する。とりあえず皇族が所属することが必要だとのらりくらり逃げようとした。すると、突然ローゼリンデが現れて声をあげた。その役目、わらわが担《にな》うと」

「ローゼが？」

「そうだ。皇族であることが条件ならば、わらわもそれを満たしている、と言い張った。しかも、それに相応《ふさわ》しい実績もある、と」

「実績って、ひょっとして……」

あの時、ローゼリンデは叫んだ。

『この場はわらわが、第一皇女ローゼリンデが預かる』

つまり、ラウラが捕縛されたことも、彼女がイオナイトの幹部の一員であると白状したことも、全てローゼリンデの手柄になるのだ。ちょっとずるいかもしれないが、結果としてクラウスには良い方に働いたようだ。

「そうだ。そしてその言い分は通った。ローゼは部隊を管理する役職付きとなった。目的としては国内に足掛かりを作りたかったようだ。何もしないまま嫁ぐより、実績作りか反抗かは分からないが、何かをしたいといったところだろう」

「そう……」

ここのところ、様子がおかしかったローゼリンデだ。何か考えはあるのだろうが、詳細は分からない。またちゃんと話を聞きに行った方がいいだろう。

クラウスは改まった様子で向き直って言った。

「エリザ、礼を言いたい。お前は、俺を救ってくれた」

「それほど大層なことはしていないわ」

「それでも、俺は救われたんだ。そして、これからは新しい関係を築いていきたい」

ドキリとした。彼は、一体どのような関係を望むのだろう。

もし、もう婚約解消していいと言われたらどうしよう。不安で心臓が痛くなる。

恐る恐る尋ねた。

「新しい、関係って……?」

「以前、信頼関係を築きたいと言っていただろう」

「ええ……」

クラウスが何故か、怒ってしまった日だ。その理由は、まだ教えてもらっていなかった。

それを今、聞かせてくれるらしく、クラウスは口を開く。

「既に、絶対に明かせないことをたくさんしている俺は、そんな関係になれるわけがないと思った。これからも、機密事項を守る為にどこに行くのかも教えられないまま、黙ってエリザの前から姿を消すようなことが常にあると思っていたんだ」

「クラウス……」

自分なりに大切だと思っていたことが、彼には到底受け入れられないことだったのだ。

クラウスは真剣なまなざしで続ける。

「言えないことはたくさんある。けれど、それでも。以前、エリザに信じると言われた時、嬉しかった。本当に嬉しかったんだ。これから、ゆっくりでいいから仲良くしたい。俺も歩み寄っていきたい」

それを聞いて、エリザは体の力が抜けた。

別れを言い渡される訳ではないらしい。

エリザはそっと彼に身を寄せ、肩に頭を預けた。

「そう言ってくれると、嬉しいわ」

「エリザも色々、隠していることがあるのは知っている。正直、急に態度を変えられて疑う気持ちもあった。でも、信じたい」

その言葉は胸にグサッと刺さる。

やはり、疑われていた。でも、今は信じたいと思われている。

エリザはぎゅっと抱きつきながら言った。

「ごめんなさい。確かに私も、隠し事は色々あるの。でも、貴方を騙《だま》すようなことはしないから。クラウスに求められたら、ちゃんと協力する」

「本当に？」

「ええ」

もしラウラの自白について調査している最中にブリリアントハートに行き当たれば、もう一度使ってあげてもいいと思っている。

そういう意味で言ったのだが、クラウスは予想外のことを言い出した。

「キスしたい」

「え?!」

「求めたら、協力するんだろう」

「そ、そういう意味で言ったんじゃない……」

恥ずかしくて、クラウスの胸に顔を埋《うず》めたままでいると、顔を上げるよう促される。

顎《あご》をくすぐられ、仕方なくクラウスと目を合わせる。蕩《とろ》けそうな熱い瞳に、ドキドキする。

彼の顔が近づいてきたが、咄嗟《とっさ》に、唇を指で押さえてしまう。

「唇へのキスは駄目」

「挨拶の軽いやつだから。深いキスはしないから」

「本当？」

「約束する」

今その言葉を言われると、弱い。

エリザはこくりと頷いて、指をはずした。それを見てクラウスがもう一度顔を寄せてくる。

肩を抱かれ、顔を寄せられるとそれだけで親密さが増す。

二人の唇が重なる。

挨拶の軽いのだからすぐに去っていくと思っていた。

だが、なかなか離れていかない。

唇を押し付けられたままじっとしているが、ずっとキスしたままだとドキドキして唇が熱くなる。

息が続かなくなってきて、エリザは首を振って逃れた。

「長いわ」

「じゃあ短くする」

クラウスは再びキスをした。今度は短く、ちゅっとしたらすぐ離れた。

だが、何度もしてくる。ちゅ、ちゅと押し当てるだけの口付けを繰り返されると、何故か下腹部が疼《うず》いた。

エリザが離れようとすると、最後にぺろりと彼の舌が唇を舐めた。

「つ、だめ……」

「可愛い。エロい顔してる」

「そ、そんな顔なんて、してないわ」

「感じてないのか。気持ちよくないか？」

「か、感じ……？　嫌！」

確かに、気持ちいい。そして、下腹部の疼き。これは、感じているということなのだろうか。意識すると恥ずかしいし、こんなの許されることではない。感覚よりも、忌避する気持ちが強かった。

エリザが離れようとすると、クラウスが抱きしめて宥《なだ》めるように声をかけた。

「ゆっくりでいいから、俺に慣れてくれ。触れ合って、気持ちよくなるのは悪いことじゃない。だから、エリザ、機嫌を直せ」

「ん……」

優しく抱きしめられて、髪を撫でられるのは嬉しい。

エリザは彼に寄り添って、胸に顔を埋めて甘えた。

喜びの中にも、エリザの頭の中では冷静な計算が出来ている。

今、クラウスがエリザを求めるのは、非日常から日常へ戻れたという恩義、そして性欲からだろう。エリザは今の彼の拠《よ》り所であり、触れてもいい婚約者なのだ。

だが、それは別にエリザでなくてもいい。そして、エリザだけでなくてもいい。

放っておけば、すぐにでもクラウスを癒してくれる可愛く素直な女性が現れることだろう。

しかし、エリザにとってみれば、相手はクラウスでなければ嫌だ。クラウスだけが欲しい。

思いの熱量は、エリザの方が圧倒的に上だ。今、彼に思いを告げたらきっと引くだろう。この強く思う気持ちは伏せておかなければ。

幸い、彼は関係を深めようとしてくれている。

クラウスにも、エリザだけを求めてほしい。

これからは、他の女を排除してエリザだけを好いてくれるように持っていかなければ。

すぐに体を許すようなことだけはしないでおこう。飽きられたら目も当てられない。

エリザは名残惜しいながらも、クラウスから離れ抱きつくのをやめた。

「私も、クラウスと新しい関係になりたいわ。これから、仲良くなりましょうね」

「ああ……」

頷いてくれたクラウスは、かっこよくて胸がときめく。

早く両思いになりたい。なれたらいいな。

そう思いながら、エリザはクラウスと握手をするのだった。

第五章　罠と軋む友情

数日後、エリザに対して軍部から呼び出しがあった。

事情をお聞かせ願いたいが、学園内では人目があるしヴァイカート家に訪問するのも物々しくなってしまう。非公式で軍部に来ていただけないだろうか、という下手に出た呼び出しに、エリザは了承の返事をした。

呼び出したのは、ローゼリンデの配下であるエリク・イステリッジという将官らしい。

何を聞かれるかは分からないが、そこまで怪しまれはしないだろう。ブリリアントハートを使ったことは、マリーナ以外には明かしていないし明かすつもりもない。

エリザは護衛の女騎士と共に馬車で軍部へと向かった。最近、エリザによくついている女性騎士、フランチェスカだ。凛々《りり》しく、そして頼りになるので気に入っている。

若いが腕も確かだし、彼女がエリザについていると皆が注目する華々しさもある。人を圧倒するのはいいことだというエリザの価値観により、学園への通学やこういうお出かけの時はフランチェスカに担当してもらっていた。

馬車から降りると、すぐに軍服を着た男二人がきびきび声をかけてきた。

「エリザ・ヴァイカートさまですね」

「ええ」

「どうぞこちらに」

フランチェスカと共に、案内されて軍施設の中に入っていく。

普通、こういう施設では外部からの客人と面談する取調室や応接室がすぐ近くにある筈《はず》だ。

だが、案内人たちは関係者以外立ち入り禁止の場所へと進んでいく。

「……随分、遠くまで行くのね」

「機密事項を含む話もありますから」

丁寧だが、有無を言わさない態度だ。フランチェスカ一人だけではなく、護衛騎士をもう一人増やしておいた方が良かったかもしれない。

やがて、その危惧《きぐ》は正しいものとなった。

「ここから先は、エリザ・ヴァイカートさまのみお入りください」

「……出直すわ。次は、ヴァイカート家に訪ねていらして。正式にね」

エリザが踵《きびす》を返そうとした瞬間、闖入者《ちんにゅうしゃ》が現れた。

「待て！　これを見ろ！」

ドタバタとまるでなっていない身のこなしで走り寄ってきたのは、以前、兄がだまし討ちのような形で食事を同席させた宮中伯《きゅうちゅうはく》の息子、エドガーだった。

この男がブリリアントハートを宮中の宝物庫に埋もれていたのを見つけたのだった。

エドガーが現れたということは、ヴァイカート家がブリリアントハートを取り戻したと、軍部にバレているということだ。まさか、エドガーが軍部と繋《つな》がりがあるとは思っていなかった。

まあ、何も知らないとのらりくらりと言っていれば、逃れられるだろう。

そんなことを思いながら彼を見やると、そのエドガーは、自分の指にはめた指輪をこちらに突き出している。

大きなルビーのような、赤い石の指輪だ。

その色がブリリアントハートの真の力を発揮する時のような赤なことに、ふと不吉な予感がする。

何らかの魔力反応もあるような気がする。警戒しながらも、エリザはエドガーに話しかけた。

「あら、お久しぶりですね。貴方《あなた》も呼び出されたのですか」

「俺に、惚《ほ》れろ！」

「……は？」

何を言っているのかと、眉根《まゆね》を寄せる。

しかし、彼はもう一度繰り返した。

「俺に惚れろ！」

「何をおっしゃっているのですか。頭、大丈夫ですの」

エリザの反応を見て、エドガーは驚愕《きょうがく》に目を見開いた。

「そんな！　何故《なぜ》効かない?!　効果は確かな筈なのに！」

「そのおもちゃに、そのような効果があると？　失笑ですわね。私、その類《たぐい》の魔術耐性は高いですわよ」

「どれだけ強い耐性にも効いた！　確認済だ。どうなっている。俺に、惚れろ！」

もう一度、エドガーは指輪を向けて唱えた。

今度は、フランチェスカに向けて。

まさか、と思う。

だが次の瞬間、フランチェスカはぼんやりとした視線をエドガーに向けていた。

「はい……」

フランチェスカの虚《うつ》ろな返事に、エドガーは歓喜した。

「やっぱり効いたじゃないか！　そこのお前！　俺の言うことを聞け！」

「はい……」

「エリザ・ヴァイカートを捕らえろ！」

「は、い……」

精神汚染だ。

エリザはぴしゃりとフランチェスカに言い放った。

「それでも我がヴァイカート家の騎士ですか！」

フランチェスカの虚ろな目が、見開かれた。

「あっ、あぁ……、あああ！」

「フランチェスカ、しっかりしなさい！」

「頭が！　ああっ、頭が！　割れるように痛い！」

フランチェスカは頭を両手で抱え込み、取り乱している。彼女のこんな姿を見るのは初めてだ。

エリザはエドガーを睨《にら》みつけた。

「今すぐ解除しなさい。表層の精神汚染じゃ人は御《ぎょ》しきれないのよ。このままじゃ、精神が崩壊してしまうわ」

「断る！　おい女、俺の言うことを聞け！　エリザ・ヴァイカートを捕らえるんだ！」

エドガーはフランチェスカの心など、どうなってもいいのだ。

エリザははらわたが煮えくり返る思いで、指にはめてあった透明な指輪状の術式をそっと抜き取った。そのまま、ぱきっと指で折る。

「あああああ！」

その瞬間、フランチェスカが悲鳴をあげ、頭を抱え込んだまま廊下に倒れた。気を失ったのだ。

「フランチェスカ！」

「くそ！　聞け！　聞け！　エリザ、俺に惚れろよ！」

エリザは憎しみのこもった目でエドガーを睨みつける。

「お前、許さないわ」

少し落ち着いたのか、エドガーは鼻で笑う。

「許すも許さないも、エリザ。貴女《あなた》はここから出られない」

「…………」

口をきくのも嫌で、エリザはエドガーを憎々しげに目を眇《すが》めて見た。

一歩でも近づいてきたら、結界で跳ねのけてやろうとひそかに照準を合わせる。

すると、コツコツと革靴の音が後ろから聞こえてきた。

「騒々《そうぞう》しいなあ。奥に連れて来てって言ったのに」

そこに現れたのは、軍服を着た将官らしい男だ。赤毛でタレ目の、女にモテそうな甘い風貌の若い男。

エリザはハッとした。

この男、見覚えがある。エリザが初めて軍服のクラウスを見た日に、一緒に居た男だ。

あの時より出世したらしい。以前は将官ではなく現場を任される一騎士だった筈だ。

エドガーがその男に慌てて告げる。

「イステリッジ殿、エリザには魅了が効かない」

今日の呼び出し将官の名前は、エリク・イステリッジだった。

つまり、この男が仕組んだことか。エリザはエリクを睨む。

彼はその視線をものともせず楽しそうに言った。

「へー。この指輪の魅了が効かないってことは、本当に愛する人が居るってことだ」

そうなの？

己の精神耐性が高いから防げたと思っていたエリザは驚いた。

だが、そんなことを言っている場合ではない。エリザはエリクに向き合った。

「これはお前の発案なの？　舐《な》められたものね。覚悟しておきなさい。この報《むく》いは受けてもらうわ。この場に居る全員ね」

「エリザ嬢、貴女にはブリリアントハートを持ち出し、使用した嫌疑《けんぎ》がかかってるんでね。人を操る恐ろしい兵器を操るってんだ。先に精神的に拘束されてもおかしくないでしょ」

「私の騎士をこんな風にしたことも、私にこのような扱いをすることも許せないわ」

エリザの憤りを、エリクは軽くいなす。

「このことは、ローゼリンデ皇女殿下《でんか》もご存じだ」

「ふ。皇女殿が認めようが、我がヴァイカート家はその枠に囚《とら》われることはないのよ」

皇族の名を出しても動じないエリザに、エリクがうろんげに流し目をくれる。

「そこの騎士殿の手当も必要でしょ。黙って付いてきてくださいよ。あまり無下《むげ》な扱いはしたくないんでね」

「いいえ、結構よ。そろそろ、迎えが来る頃なので」

その場に居た者たちは、動揺を見せた。

「まさか。魔術的な通信も探知も、この建物の中では無効化される筈……」

「たかだかそんな通信妨害で妨げられるようじゃ、何回誘拐されることになるか分からないわね。これでも私は、常に狙われているのだから」

エリザが透明の指輪状の術式を潰した瞬間、屋敷にこの場所が通報されている。すぐにお抱えの騎士たちが出発し、また屋敷からは軍の上層部に正式に抗議していることだろう。

エリザの予想通り、有能で迅速なヴァイカート家の騎士たちの足音が廊下に響いてきた。

先頭に立っているのは、軍服姿の初老男性だった。きっと、この施設の責任者かその補佐官だろう。その隣には、先日筆頭騎士に任じられたジークフリードもいる。

彼が助けに来てくれたことには、絶対的な安心感があった。ホッとしていると、初老軍人が口火を切る。

「エリザさま！　この度は、手違いでこのような場所にとどめ置かれたようでまことに……」

「この者たちは、精神汚染をする魔道具で私と私の騎士を攻撃しました。厳重に抗議します」

おじさん軍人の挨拶を途中で遮り、端的に物申す。

騎士たちは倒れていたフランチェスカをすぐに回収し、そしてエリザを護《まも》るようにエリクの前に立ちはだかった。

エリクはあちゃー、と言いながら用意していた言い訳を述べる。

「捜査の一環ですって。それに、やったのはたまたま居合わせた魔術研究員ですから」

「そんな言い訳、通るわけないでしょ。お前は皇女の後ろ盾があると過信して、ヴァイカート家を甘く見たのよ」

駆けつけた軍人たちが、エリクやエドガーを拘束していく。

「ち、違うんだ！　私は、やれと命じられて仕方なく！　エリザ！　助けてくれ！」

エドガーが見苦しく助けを求めるのを無視し、エリクともどもさっさと連れていくように合図する。エリクは連行される前に、皮肉げな笑みを浮かべて言った。

「エリザ嬢、貴女が心から愛する幸運な男の名を聞かせてほしいものですね」

エリザは余裕の微笑をもって答えた。

「勿論《もちろん》、私の許嫁《いいなずけ》のクラウス皇子殿下ですわ」

「ま、この場じゃそう言うしかないでしょうけどね」

とんだ事情聴取になったが、エリザはにっこりとジークフリードに向かって笑いかけた。

「ありがとう、ジーク。貴方が来てくれて、どれほど安心出来たことか」

「遅くなりました。ご無事で何よりです」

「早く帰ってフランチェスカの治療をしましょう。暗示を無理やりねじ伏せていたから、後遺症が出ないか心配だわ」

幸い、フランチェスカは無事で後遺症などもなかった。

本人は魅了にかかったことを謝罪していたが、エリザは彼女を称《たた》え特別報酬を出した。

精神を汚染されても、忠誠心でその命令をねじ伏せたからだ。生半可な心では出来ないことだ。

エリザの恩情に、フランチェスカの忠誠心はますます高まったようだった。


二日後、久しぶりに登校しパビリオンで出会ったローゼリンデはあっけらかんと、でも笑いながら謝罪をしてきた。

「いやー、すまぬな。まさかそんなことになったとは。好きに捜査せよとは言ったが、功を焦ってたのかの」

「ローゼ、監督不行き届きよ」

「軍部の役職付きというのもなかなか多忙でなあ。わらわの目が届かないことだらけで実際、本当に行き届いてない。あのエドガーとかいう研究員は禁止された精神汚染の実行犯だから、まだ拘束されている。実刑判決が出るかもしれん。職場からも親族からも見放されたらしい」

「自業自得だわ」

エリザは冷たく言い放つ。

「あの場に居たエリクたち軍部の者は、北の砦《とりで》に左遷《させん》された。あそこもある種、刑務所のようなものだ。寒く辛《つら》い流刑地《るけいち》だからな」

「それでも、エドガーに比べたら甘いじゃない。ローゼが庇《かば》ったんでしょ」

エリザの指摘に、ローゼリンデは意味深な瞳を向けた。

「ラウラ・クナイストが突然自白したのは、エリザがブリリアントハートを使ったからだろうというのが軍部の共通した見解だ。それを解明しようとした部下をクビには出来ないぞ」

「さー、どうかしら。そんな事実も証拠もないでしょうしね。解明なんて言って、そのやり口も気に入らないわ」

ふふんと胸を張って言うと、マリーナとアデリナが割って入る。

「二人とも、言い争いはなしよ」

「喧嘩《けんか》すんなよ」

「別に喧嘩じゃないわよ」

エリザの言葉に、ローゼリンデも頷《うなず》く。

「それにしても、何だかこうして集まるのも久しぶりに感じるな」

「ええ」

ローゼリンデは兼務業務が忙しく、学園を休みがちだ。

アデリナは最近、ローゼリンデ付きから外れ登校しているものの、日々の鍛錬で多忙だ。熱心に対人相手の特訓をしているらしく、学園内の強者たちと一緒に居るのをよく見かける。

それにエリザは大抵、クラウスと過ごしている。

変わらないのはマリーナだけだろうか。

変わりたくはないが、皆が変わっていくことを気にしていたマリーナだから、大丈夫だろうか。

マリーナを見ると、いつもと同じように穏やかに微笑《ほほえ》んでいる。

その笑みで思い出す。パビリオンでのひと時を穏やかに過ごせるのは幸せだ。

学園を卒業すれば関係性は変わり、こんな風に皆と過ごせることはもうない。

いずれは失われるその時間を、エリザは楽しんだのだった。


「いいわ、締めて！」

「お嬢さま、もう十分でしょう」

「もっと細く見せたいのよ」

「これ以上すると、息苦しくて気絶してしまいます。大丈夫ですよ、十分お美しいですから」

侍女《じじょ》が宥《なだ》めて、コルセットのリボンを結ぶ。それからドレスを着付けてくれる。

エリザは渋々それに従った。

エリザが気合を入れるのには理由がある。

初めて、クラウスに招待を受けたのだ。それも、クラウスの住まう皇宮の私室へ、だ。

今まで、皇宮を訪れたことはあるが大勢での夜会やお茶会に参加した時だけだ。

皇族の住まう奥には足を踏み入れたことはない。

だが、クラウスは招待してくれた。

これはもう、かなり打ち解けているのではないだろうか。ひょっとしたら、公式にプロポーズをされるのかもしれない。

それはまだ先走った考えかもしれないが、夢は膨らむ。

とにかく、今日はいつも以上に美しく装ってクラウスに感心されたい。今以上に彼と仲良くなりたい。あわよくば好かれたい。

クラウスの瞳の色である青のドレスは皇都でも名高いデザイナーにデザインさせ、エリザの体形にぴったりと合わせた特注品だ。コルセットのおかげで腰を細く、くびれを強調出来ている。胸元には、これまたクラウスの髪色のような金のネックレスが輝いている。

これだけ彼のカラーを身に着けていたら、全身でクラウスの女だと主張しているようなものだ。

彼は喜んでくれるだろうか。そうなったら嬉《うれ》しい。その思いで、エリザはやや浮かれて皇宮へと馳《は》せ参じたのだった。

初めて足を踏み入れる奥でエリザを出迎えてくれたクラウスは、ウィングカラーのシャツにアスコットタイを合わせていた。堅苦しくなく、寛《くつろ》いでいる様子だが砕けすぎてはおらず、とにかく恰《かっ》好《こう》がいい。

エリザが見るクラウスは、制服か軍服、夜会用の正装ばかりだった。だから、普段はこのような姿なのだと感じ入る。招待されて嬉しい。

「クラウス殿下、お招きありがとう存じます」

エリザは微笑んで淑女の礼をした。

クラウスはエリザの姿を一瞥《いちべつ》した後、何故か薄く笑った。

仄暗《ほのぐら》い、嫌な笑い方だった。瞬間、背筋がゾッとして後ずさりそうになる。

「……こっちだ」

クラウスがエスコートしてくれるのに従い、皇宮の廊下を進む。

それまでは侍従《じじゅう》が案内してくれていたが、ここからは二人きりだ。

「あ、あの、殿下……？」

エスコートというより、腕を摑《つか》まれて引っ立てられているような歩みだ。連行されているようで、戸惑う。

クラウスの顔を見ると、無表情だった。

まるで、エリザが惚れた時のようだ。あの、イオナイトの一員を始末した時のような。

まさか、自分は今から始末されるのだろうか。

いや、そんな。そこまで悪いことはしていない筈だ。

それに、以前は仲良くなりたいと言っていたクラウスが急激に心変わりした原因に心当たりがない、と思いたいというのがあるかもしれない。

最近、クラウスは学園を休んでいた。

だからエリザが軍部で揉《も》めた後は、話を出来ていなかった。

ひょっとしたら、軍部から歪《ゆが》んだ形で話がいってしまい、誤解があるのかもしれない。

エリザがブリリアントハートを使ったのは、軍部の共通した見解だとローゼリンデも言っていた。

クラウスは軍部を辞めてから、軍関係の話をしなくなったからもういいのかと思っていた。お互いに、打ち明けはしないが秘密があるというのは告白済みだ。

だが、まだクラウスが非公式に軍部と関わりがあり、エリザを今から尋問するとしたら？

ブリリアントハートのことは、伝えた方がいいのだろうか。知らぬ存ぜぬで突っぱねてもいいが、それでクラウスの立場がどうなるか、による。

そうだ。まず軍部とどう関わりがあり、クラウスがどのような立ち位置なのかを聞いてみよう。

彼の為《ため》になることをしたい。

話をして、より良い関係になるよう努めよう。

そう考えているうちに、クラウスの私室へと着いた。

彼が扉を開けると前室があって、そこに騎士が詰めている。

直立不動の騎士二人に敬礼されながら、奥への扉を開けると廊下があり、更に扉だ。

そこを開けると、広く明るい部屋に出た。窓が大きく、そこから庭園がよく見える。

流石《さすが》、皇子殿下のお部屋だ。調度品も質が良く美しいものばかりだと見て取れる。広々としたソファセットも設置してある。ここで私的な客の対応をするのだろう。ここに来られて嬉しい。

その時、背後でガチャンと施錠する音が響いた。

皇子という立場上、在室中は施錠しなければいけないのだろうか。振り向くと、クラウスが酷薄な笑みを浮かべて近づいてきた。

「エリザ」

「は、はい……」

どうしたのだろう。やはり嫌な感じがする。

とにかく、対話だ。彼の立場を慮《おもんぱか》って発言したらきっと怒りも解ける。

そんな風に思っていたのに、次のクラウスの言葉にはエリザは言葉を失った。

「今からお前を汚す」

「……はい？」

今なんと？

自分の耳を疑って、妙な返事をしてしまった。

クラウスはエリザの正面に立ち、背に手を当てて抱き寄せる。そしてもう片方の手で顎《あご》を上げて顔を覗《のぞ》き込んだ。

「お前を犯すと言ったんだ」

「な、何故か、聞いてもよろしいでしょうか」

「エリクとの一件、聞いた」

やはりそうだったか。

しかしその一件から犯す云々《うんぬん》にどう飛躍したのかが全く分からない。

エリザは神妙に口を開いた。

「ブリリアントハートでしたら……」

「それはどうでもいい」

「えっ……」

どうでもいい⁈

また驚いてしまう。軍部も皇家も欲しがる物凄《ものすご》い魔道具だというのに。

クラウスは淡々と続ける。

「お前は魅了の指輪の力を撥《は》ねつけた。全く効かなかったと聞いた」

エドガーが向けてきた、あの魔道具のことだろう。

「ええ。耐性が強かったようです」

「それは違う。あれは耐性など関係ない。お前に心から愛する者が居たということだ」

「それは……」

それはクラウスのことだ、と言ったら彼は引くだろうか。

それに、いつどうしてと聞かれた時に理由を述べるのが憚《はばか》られる。クラウスは特殊部隊での活動を心の傷としているのだ。それを見て好きになったとは言いにくい。

エリザの逡巡《しゅんじゅん》に、クラウスの表情が失われた。彼は冷たい声で続ける。

「否定しないんだな。否定しても、それを裏付ける証左もあるが」

「証左？」

「ラウラ・クナイストが初めてパビリオンに行った日、盗聴用の水晶玉を仕掛けていた。俺はその記録を入手した」

「……！」

ちょっと待って。

初めて来た日、突然パビリオンを開放しろと言ってきたから覚えている。

その後、クラウスに娼館《しょうかん》通いについて苦言を呈した。あの頃は、まだクラウスを好きではなくそれどころか軽蔑《けいべつ》していた。

その翌日から、エリザはパビリオンで何を言ったか。

クラウスに惚れた後、ローゼリンデに詰問されて何を口走ったか。頭の中で反芻《はんすう》する。

『昨日、用があるって先に帰ったのよね。どこかに行ったの？』

『ちょっと、街に……』

『街で出会ったのか！　どういう人?!　それで、出会いは？　どうやって会った？』

『えーっと……、助けてもらって……』

『ああー！　それはいい出会いだな！　暴漢から救ってもらったのか！　初恋の再来だ！』

『それで？　相手の名前は？』

『いや……、知らない……』

まずい。

エリザはさーっと血の気が引くのを感じた。

あれを聞いたら、エリザが街で会った男に助けてもらって一目惚れした、と思うのではないだろうか。

声に危険なものを含ませ、クラウスは言う。

「どうした。顔色が悪いぞ。やはり、もう不貞を働いているか」

「ふ、不貞?!　違います！　そんなこと、していません！」

「その日以降、お前は俺への態度をがらりと変えた。既に働いた不貞行為を誤魔化《ごまか》す為に、俺を籠《ろう》絡《らく》しようとしたのではないか」

「そんなことありません！　私はまだ、清い体のままです！」

そこは大きな声で主張しておく。

なんという疑いを抱かれたものか。まあ全部、エリザのまいた種なのだが。

クラウスは疑惑の追及の手を緩めない。

「では、俺と婚姻してから愛人として囲うつもりだったか」

「違います。そんな、わざわざ皇子妃となってから愛人を囲うなんて、危ない橋を渡る訳がないわ」

「だったら何故、突然、皇子妃になろうと画策《かくさく》した。それまでは家の意向に反してでも婚約解消をしたがっていたのに。それは、男が出来たからだろう！」

「男なんて出来ていないわ！」

ただ、クラウスを好きになっただけ。

それをどう伝えようかと、考えているうちにクラウスはエリザのドレスに手をかけた。

「不貞行為があったかどうかはすぐに分かる。それに、好いた男のこともすぐに忘れるだろう」

「どういう、こと？」

好いた男を忘れる、というのは一体どういうことなのだろう。

エリザの問いに、クラウスは意地の悪そうな笑みを浮かべて言った。その間も彼の手は止まらない。

「密偵の女を裏切らせるには、体から堕《お》とすのが一番早い。快楽で体を籠絡してから、心も堕とす。女を虜《とりこ》にする術も訓練済みだ」

怖い。一体何をされるのだろう。

逃げ出したくなるのを、必死でこらえて呼びかける。

「待って。お待ちください。酷《ひど》い誤解を……」

「話は聞かない。よし、これで脱がせられた」

「ちょっと、待ってください。本当に……、やだ、見ないで……」

ドレスを脱がせるのも訓練のうちだったのか、手際《てぎわ》よく脱がされてしまった。

思わず彼に背を向ける。

クラウスの瞳に合わせた青色のドレスが肩から落ち、床に広がる。

コルセットはともかく、ドロワーズをクラウスに見られたくなかった。

今時こんなの穿《は》いてるのは保守主義くらいだ。大抵の女性はショーツやセクシーな下着を穿いている。エリザも、初夜くらいはそういう恰好をしようと思っていたのに。

だが、クラウスはドロワーズよりコルセットを咎《とが》めた。

「締め付けすぎだ。ただでさえコルセットなんて体に悪いのに」

「細く見せたいもの。じゃなくて。解かないで！」

「諦めろ。お前を快楽の淵《ふち》に叩《たた》き込むことは決定事項だ」

どうしよう。どうすればこの場を収められるのか、分からない。

説得するしかないのだが、クラウスに聞く耳が無いのでは話し合いにならない。

そうこうしているうちに、紐《ひも》を解かれ、コルセットを脱がされてしまった。

クラウスに、体を見られたくない。両手を体に巻き付け、胸が見えないようにしていると、ドロワーズまでずり下げられた。

「やっ、やめて！　何するの！」

「無防備に背中を向けてるからだ。寝室に行くぞ」

足首の辺りにドロワーズが引っかかっている状態で片手を引かれ、足がもつれそうになる。空いている方の手で慌ててドロワーズを引き上げる。胸をさらけ出すことになるが、仕方ない。

その様子を見下ろしてクラウスがまた意地の悪い瞳をしているのが分かった。もう恥ずかしくて仕方がない。

「いや、見ないで」

「それは無理な相談だ」

今、エリザが纏《まと》っているのは、ドロワーズと膝丈の絹の靴下に金のネックレス。それにハイヒールの靴だけだ。

奥の寝室も、陽《ひ》が降り注ぐ明るい部屋だった。そこに、大きな天蓋《てんがい》付きのベッドが置いてある。

エリザはベッドに座るよう促された。腰かけると、クラウスが跪《ひざまず》いて靴と靴下を脱がせている。

彼の頭を見下ろすなど初めてではないだろうか。

ぼんやりつむじを見ていると、クラウスはエリザを裸足《はだし》にした後ドロワーズも脱がせようとする。

エリザはそれを阻止せんと、ドロワーズを引っ張りあげたがクラウスはニヤリとして言う。

「胸、見えてるぞ」

「やっ……」

慌てて隠そうと両手で覆うと、その隙《すき》にドロワーズは脱がされてしまった。

全裸にネックレスだけを身に着けたエリザを見下ろし、クラウスは冷静に告げる。

「始めるぞ」

「ほ、本当に……？」

明るい日差しが降り注ぐ、穏やかな天気の日だ。

こんな昼日中から、婚約中とはいえ結婚もしていない二人が睦《むつ》み合うなんて信じられない。

これは初夜、結婚式の夜に行われるべきことだ。

クラウスはあの時と同じ、冷酷ともいえる表情で述べた。

「ああ、本当に。今から、エリザが処女かどうか確かめる。そして、どちらにせよ快楽を叩き込む」

「は、話し合いをしましょう。先《ま》ず、誤解を……」

ベッドに押し倒され、唇を塞がれる。

そこからは、まともに話すのは無理だった。

「もぉ……、ゆるしてぇ……」

何度も何度も手で絶頂させられ、エリザは肩で息をしながらクラウスを見上げた。

しかしクラウスは、冷静な瞳でエリザを見下ろす。

「イきすぎだ。だが、体の相性は良いみたいだ。婚約者殿を満足させられるようで安心した」

「やぁっ……」

クラウスのキスと愛撫《あいぶ》で、また達してしまう。我慢しようとしたが、彼の手管には敵《かな》わない。

クラウスの指は、エリザの中に入って容赦なくいいところを暴いていく。

指で中のいいところを擦《こす》られながら、胸の先端を舐められ、そして一番敏感な尖《とが》りも親指の腹でくりくりと押しつぶされる。

エリザは大きな声で啼《な》いて何度も達した。

その間も、クラウスはまだ服を着たままで、冷たい表情でエリザを観察している。

彼が下衣をくつろがせ昂《たかぶ》った雄を取り出す頃には、エリザはくったりとして力が入らなかった。

それでも、その大きすぎる勃《た》ちあがった肉棒を目にすれば恐ろしい。

こんなものが己の体の中に挿《い》れられるとは思えない。

ベッドの上に逃げようとするが、体は動かないしそれより前にクラウスの手ががっちり腰を掴んでいる。

「逃げるな。心配しなくとも、痛みは与えない。快楽だけを感じるようにする術《すべ》はある」

「違うの、こんなことするのがダメなの」

「俺としては、思い切り痛くして誰が抱いているかを分からせたい気もするが」

「や、やめて、クラウス……」

「だが、まず体を堕とすのが先だ」

クラウスの雄の先端が、濡《ぬ》れそぼった蜜口に宛がわれる。

彼は遠慮なく腰を押し進めた。

「あっ、あーっ！」

エリザが感じたのは確かに、痛みではなく快感だった。

愛撫で達しても、決して届かなかった中の奥への疼《うず》きが満たされていく。

抜き挿《さ》しされると、あまりに気持ち良くて目がチカチカした。

初めてなのに、こんな感覚になるなんて。クラウスが言った通り、痛みを与えず快楽のみを与える術式を使っているのだろう。

最奥まで挿れるとクラウスは、はぁっと悩ましい溜息《ためいき》を吐《つ》いて言った。

「狭いな。出血もある。本当に初めてだったのか。残念だったな、惚れた男に処女を捧《ささ》げられなくて」

そして無表情のまま、腰を動かし始めた。冷静にエリザの反応を見ながら、的確に感じる場所をごりごりと擦り上げていく。

その合間にも、キスをしたり全身を愛撫したりと追い込むことを忘れない。

エリザは感じ、啼《な》き続けた。

「あっ、あぁっ……！」

「エリザ、お前を今抱いているのは誰だ」

「クラウス、クラウスぅ……っ」

「そうだ。俺の名前を呼びながらイけ」

クラウスはエリザの膝裏に手をかけると、大きく開脚させベッドシーツに押し付ける。

そして、容赦なく腰を突き上げた。

「あ――っ！」

体の奥を突かれ、普通なら痛い筈だ。だが、エリザは強烈な快感に全身を支配された。

クラウスが激しく腰を動かし始めた。

媚肉《びにく》のいいところ全部を擦られながら、奥を突かれるのは快感が強すぎた。

強すぎる快楽を逃そうとするが、体はがっちり抱え込まれ動けない。

エリザの足が空を掻《か》き、涙とよだれが零《こぼ》れ落ちる。

ぱんぱんと腰がぶつかる音と、ぐちゅぐちゅという水音。それにエリザの嬌声《きょうせい》が部屋に響く。

無意識にシーツをぎゅっと握りしめていると、手をクラウスの首の後ろに回すよう促された。

「俺に抱きついて」

「待って、この態勢は……っ、あーっ！」

抱きつくことによって密着し、更に挿入が深くなる。

先端を最奥に当てたまま腰を揺らされ、敏感な突起まで刺激される。そのままキスされると、またすぐに達してしまった。

びくびく体を震わせ、落ち着いたとみるやまたクラウスが激しく体を揺さぶる。

彼が腰を引くと、中から引き抜かれる感覚で蜜孔全体が擦られ気持ちいい。

そして、再び突き入れられるとごりごりと擦られ、感じる場所全体を刺激されるのだ。エリザは喘《あえ》ぎながらきゅうきゅうと中の雄を締め付けた。媚肉は彼の雄にまとわりつき、搾り取ろうとしている。

「くっ……、そろそろ俺も限界だ」

「あぁっ、クラウス……っ、クラウス……！」

「出すぞ……！」

クラウスの腰の動きが、エリザを感じさせるものではなく、ただ己の欲望を放つ為のものに変わる。

エリザの媚肉は、クラウスの雄を扱《しご》き絞り上げる蜜孔となっていた。

それでも、エリザは感じていた。

クラウスが最奥にぐぅっと挿し込み、その欲望を奥で放つ。エリザも、また達していた。

「ふぁっ、あ――っ！」

「く、ぅ……っ！」

逃さないとばかりにクラウスはエリザを抱え込み、熱い体液を全て吐き出した。

そして、荒い息をし、目を瞑《つぶ》ってまだ快感さめやらないエリザに言い放った。

「これでもう、お前は俺の妃《きさき》になるしかない。心の底から愛する男が居ようとな」

「はぁっ、はぁ……」

「まあ、すぐに忘れさせるが。ここまで感じているなら、すぐ心変わりする。なあ、エリザ」

「ちが……」

何かを言いだそうとしたと見てとると、またクラウスがキスで唇を塞いでくる。そして、彼の手による愛撫も再開される。

この快楽による責め苦は、まだまだ終わりそうになかった。

第六章 クラウスの想い

あれは今から九年前。

エリザとの婚約が決まった時、クラウスは不満だった。

今まで何度も顔を合わせているが、いかにも貴族然とした冷ややかな笑みと高慢な振る舞い。もっと可愛《かわい》らしく優しい女性が良かった。

例えば、エリザと同じ五大公の令嬢《れいじょう》であるマリーナ・アドルングのような。

そう思っていると、エリザが冷笑を浮かべて言った。

「殿下《でんか》、残念でございましたわね。マリーナが婚約者に選ばれず」

「……！」

思っていたことを確実に読まれ、クラウスの背中に冷や汗が流れた。

「ヴァイカート家にはここ数代、皇家に嫁ぐべき子女が生まれておらず、この婚約は現当主の肝《きも》いりとなっております。せいぜい言動にお気をつけあそばせ」

「分かっている」

たかだか九歳の女児がこの調子なのだ。クラウスはブスッとしながら返事をするしかなかった。

月に一度は会って話さなければいけなかったが、常によそよそしく他人行儀だった。

このままずっと冷めた関係を続けていくと思っていたが、それは思わぬ形で裏切られた。

エリザの初恋だ。

その時に会ったエリザはいつもとは違い、いかに騎士が勇敢で強かったかを興奮気味に語っていた。はっきり言って面白くなかった。いつもの高慢ちきで冷血なエリザと全く違う。彼女が恋する乙女となっていることは明らかだった。

しかも、それを婚約者である自分に平気で言ってくるとはどういう了見なのだ。

別に、エリザのことなんて好きでもなんでもない。全然タイプではないし、もし彼女を妃《きさき》にしても他の愛妾《あいしょう》なり好きな女を作るだろう。

だが、自分は男として見られておらず、歯牙《しが》にもかけられていない。舐《な》め切ったその態度に腹が立った。

うっとりとした表情に冷や水を浴びせたくなったクラウスは、言ってやった。

「それならお前がそのジークとやらと結婚すれば、俺たちは結婚しなくて済むな」

それを聞いたエリザは、普段ならたちまち謝罪してそんなつもりはなかったと頭を下げるだろう。

だが、その時のエリザはパッと顔を輝かせて興奮したのだ。

「まあ！　そうだわ！　そうすればいいんだわ！　ありがとう存じます、殿下」

エリザは喜んで帰っていった。

その後、伝え聞いたところでは、エリザは本当にその騎士にプロポーズし、当主にも結婚をねだり、ヴァイカート家は荒れ模様になったらしい。

クラウスも、自分がそそのかしたとバレて叱責《しっせき》を受けたらどうしようかとヒヤヒヤしていたが、そこは大丈夫だった。

だが、エリザが皇族の持つ地方の別荘、ブラウリヒの御用邸にしばらく休養することになりそこにクラウスも行けと言われた。

クラウスは渋々といった態《てい》で了承したが、実は楽しみだった。

エリザが沈んでいるならその様子を見たかった。傷ついているなら、更に追い打ちをかけて泣かせてやりたかった。

日頃の反発心を胸に別荘に行くと、エリザは確かに落ち込んだ様子だった。

だが、見るからに沈み込んでいる様子ではなく、ただ静かに過ごしていた。内に秘めた悲しみを見せまいとする凜《りん》とした佇《たたず》まいは、十歳の子供とは思えず大人びていた。

御用邸の管理人夫人や女中たちは、皆エリザの初恋と失恋を微笑《ほほえ》ましく思っていた。

「その騎士さま一人でエリザさまを、体を張って助けたんでしょう。そんなの、女なら誰でも惚《ほ》れるわぁ」

「顔も体も美しくて、強い騎士さまらしいね。そんな方が自分の為《ため》に戦って守ってくれたら、私みたいな婆《ばあ》さんでも好きになっちまうよ」

ベテラン女中たちまでがきゃっきゃと話しているのを聞いて、クラウスは苦虫を噛《か》み潰したような顔になった。

お前たちの主が婚約者で、つまりエリザは浮気をしているも同然なのに、誰も咎《とが》めないのは何故《なぜ》なんだ。

クラウスはガツンと言ってやろうとエリザを探した。

エリザは寒い季節で風も冷たいのに、湖のほとりでひっそり、太い木の幹の上に腰かけていた。視線は湖に向いているが、きっと何も見えていないのだろう。エリザは静かに涙を流していた。

クラウスは辛辣《しんらつ》に声をかけた。

「めそめそと鬱陶《うっとう》しいな」

「……放っておいてください。一人になりたいのです」

「俺だってお前の傍《そば》になんて居たくない。だが、お前を慰めろとばあやたちがうるさい。さっさと泣きやんで屋敷に戻れ」

「失恋すると、勝手に涙が出るのです」

そう言って、はらはらと涙を零《こぼ》すエリザは美しかった。

だが、同時に腹立たしかった。

自分には何の感情も抱かないくせに、騎士に惚れて失恋したと泣いて、イラつく。

「無駄な涙だな。皇子の婚約者が、騎士と結婚なんかできるわけないと、最初から分かっていただろう」

「……それでも。私の思いは、無駄ではなかったと思うのです。思いは叶《かな》わなかったけれど」

そうきっぱり言ったエリザは、とても大人に見えた。脱皮し、羽を広げて子供から大人へと羽化しているのだ。

そんなエリザを嘲笑《あざわら》ってやろうと来ていた自分は、とんでもなく小さな子供に思えた。

クラウスは無言でエリザの隣に座った。

エリザは黙って前を向いたままだった。

「寒い」

やはり風が冷たくて、体が冷える。

クラウスはエリザに寄り添った。二人でくっついているとあたたかい。

そのうち、エリザはクラウスにもたれてきた。

見ると、眠っているようだ。きっと、夜もめそめそしてあまり寝ていなかったのだろう。

クラウスはエリザの髪を撫《な》でた。真っすぐでサラサラとした髪は、触れると艶《つや》やかだった。

「ん……」

寝言にもならない声を出したので、唇をつついてやる。

エリザの唇は冷たくて、でもふにふにとしていた。触っていると、クラウスの下腹部が急にむずむずしてきた。後から思えば、性への目覚めなのだがその時は分からなった。

クラウスはエリザの髪や唇を、彼女が目覚めるまで遠慮なく触れていた。

その一件からしばらくは大人しかったエリザだが、またすぐいつもの様子に戻った。

クラウスは、あの御用邸での出来事を思い出すとそわそわしてしまうので、話題には出さないようにしていた。

エリザも同様で、二人は表面上の関係に戻った。


クラウスの環境が変わったのは、その数年後だった。

兄であるアベルから、軍部での訓練を打診されたのだ。

皇族が軍属になるのはよくあることだ。

実践的な部署になると聞かされたが、それくらいは出来ると軽く引き受けた。

根底には、エリザを助けた騎士のことがあった。自分も、人を助けられるくらい強くなりたいと思っていたところだったのだ。

クラウスが受けた訓練は、効率よく暴力を振るう人殺しの訓練だった。

クラウスの心は荒れ、暮らしぶりもすさんだ。

エリザに色々注意を受けたが、心の中では馬鹿にしていた。何も知らないくせに、偉そうに言うなと思っていた。

勿論《もちろん》、エリザは何も知らないのだから仕方ないが、そんな生活を続けるうちに二人の仲は冷え切っていった。溝は深くなり、エリザは話しかけることもしなくなっていた。

彼女の瞳には明らかに嫌悪感があり、傍に居るのも嫌そうだった。

その度に、婚約者であることを思い出させ、婚約を解消するのも無理だと思い知らせてきた。自分が苦しんでいる分、エリザにも苦しみを与えていた。

それでいて、彼女がクラウスのことをどうでもいい風に扱うと傷ついていた。

本当は、分かってほしかった。

軍で何をしているのかは、絶対に知られてはいけない。徹底的な守秘義務を強要されていた。後ろ暗い任務をこなす度に心が軋《きし》んでいく。

今まで教育されていた、礼節や人への尊重などはまるで綺麗《きれい》ごとだった。このまま夜の活動を続ければ、狂ってしまう。

夜だけの任務の筈が、それは昼の世界にも浸食してきた。学園内でもイオナイトの関係者を口説かなければいけなくなったのだ。

エリザの前でラウラといちゃついて見せても、娼館《しょうかん》通いの噂《うわさ》を聞いても、彼女は不快そうにはするが平然としていた。娼婦を愛妾とすればどうかと進言もされた。

傷ついているのは、クラウス一人だけだった。どこにも逃げ場はなく、暗い世界に閉ざされそうだった。

だから、エリザの態度が突然変わったのには驚いた。

朝方まで任務でへとへとになり、帰る時間も惜しいからと金《きん》の女鹿亭《めじかてい》で仮眠をした日だった。気付けば娼婦が抱きついていて、ふざけて首筋にキスマークをつけられた。

疲れ切っているし、心も疲弊していた。そんな気も起きなくて、押しのけて制服に着替えそのまま登校する。

どうせエリザは自分に興味はないだろうと思いながら、反応が知りたくてキスマークを見せつける。

いつもの侮蔑《ぶべつ》や蔑《さげす》んだ視線でいいから、何か反応が欲しかった。

そうやって貰《もら》える反応が、自分をこの平穏な日常に繋《つな》ぎとめているような気さえしていた。

エリザは傷ついた目をしていた。

予想外すぎる反応に、つい言い訳をしてしまった。

それどころか、娼館通いには理由があるとさえ告げてしまった。

どんな理由かと聞かれても答える訳にはいかない。そんなの言い訳だと糾弾されても弁解も出来ない。

だが、エリザは言ってくれた。

『貴方《あなた》を信じます』

嬉しかった。初めて、心が温かくなる言葉を貰えた。

エリザがじっと見つめてくる目は、いつもの冷たい瞳じゃなかった。その潤《うる》んだ瞳をもっと見たくて、近づいても嫌がっていなかった。

久しぶりに、クラウスの心は浮上した。

その後、エリザの兄のフリードからエリザが他の男と二人きりで居ると聞いて急下降したが。

だが、その時の軍服を見てエリザは『とてもお似合いですわね』と言ってきた。

面食らったが、その言葉を咀嚼《そしやく》して意味が分かると顔がニヤついてきた。

エリザは、軍服を着た自分を見てかっこいいと感じたのだろう。

またクラウスの心が急浮上する。

しかし、その頃になると怪しく思えてきた。

エリザは何故突然、自分を信じると言ったのか。どうして自分の機嫌を取るようなことをするのか。突然銃の痕跡について話したのは、何か知ってのことなのか。まさか、自分の軍務のことを知っているのかと肝が冷える。

あまりに態度が急変したので、本物のエリザかさえも疑ってしまう。一度怪しめば、全てが怪しかった。

研究室でレオンと二人きりで話していたのを見た時は、カッとなって尋問に使う催眠暗示を使ってしまった。目と目を合わせ、簡易的な魅了の術をかけたら嘘《うそ》を吐《つ》かなくなるというものだ。

だが、エリザは精神耐性があるのか、暗示は効かなかった。

だったら、どうやって聞き出そうか。

慌てずじっくり責めてやろうと思っていたが、噂を聞いてそんな気は吹っ飛んだ。

エリザには、秘密の恋人が居るという噂だった。

クラウスは一瞬で頭に血が上った。ゆっくり確かめる、なんて気は即無くなった。相手が誰か確かめてやろうとパビリオンに乗り込む。

恋人の為に自分をカモフラージュに使っていたなんて、許せなかった。相手の男ともども破滅させてやろうと怒りをこめてひと気のない裏庭に連れ込む。

だが、エリザはその噂を事実無根とし、逆にクラウスの手際《てぎわ》を責め立てた。

こういう口論では、エリザは悪魔的な才能を発揮する。己が悪くても人の弱点を容赦なく暴き、論点をすり替えるのだ。

ここでも、エリザは他に男が居ないとは明言しないまま、クラウスを恋人に据《す》えると宣言した。

それなら、逆に籠絡《ろうらく》してやる。

クラウスはエリザの目を見ながら、彼女自身に暗示をかけさせた。かなり強烈な催眠効果がある術式だ。だが、効かなかった。

エリザにはよっぽどの耐性があるのか、それとも別の理由があるのか、軍部で実際に使用している自白術式も効かない。彼女の心は鋼鉄で出来ているのだろうか。

こんな手法は効かない、とエリザ自身も言っていたから、全て分かってやっているのかと焦ってエリザを悪く言った。

そして、ラウラの名を出してしまった。

ラウラを相手にしていた時、彼女は注意深く、絶対暗示にかからないよう上手《うま》くクラウスを躱《かわ》し続けていた。

肝心なところでは目を合わせず、クラウスの話を無視し、全く別の話を持ち出したりする。最初は天然なのかと思っていたが、上手に天然を装ったやり手だと見ている。

ラウラの名前を出した瞬間、それまで口論しながらも向き合おうとしていた二人の仲に、ぴしりと亀裂が入ったのが分かった。

エリザは無言で体を離した。クラウスはそれを強引に留めることは出来なかった。拒絶が怖かった。

でも、結局はエリザの方から歩み寄ってくれた。クラウスに身を寄せ、甘えたいと言ったのだ。

いつの間にか、籠絡されたのはクラウスの方だった。

抱き着いてきて、髪を撫でても体に触れても何も言わない。

あのブラウリヒの御用邸以来の触れ合いに、クラウスの雄は激しく反応した。

抱き合う以上のことをしたくてたまらない。強引にしてしまったら、どうなるだろう。

駄目に決まっている。

クラウスはエリザを突き放した。

きっと、エリザはいつもの冷たい笑みを浮かべ、翻弄《ほんろう》されている自分を嘲笑《ちようしよう》するのかと思った。

だが、彼女は瞳を潤ませて謝った。

余計、雄がいきり勃《た》った。

こいつは、男を分かっていない。この場で無理やり犯してやろうか。そんな凶悪な思いでエリザに雄の真理を教えてやると、怯《おび》えたように逃げてしまった。

それは可愛かった。クラウスはエリザをいつ食ってやろうかと、それを楽しみにするようになった。婚約者なのだから、その権利はあるはずだ。

そこから、楽しい恋人ごっこが始まった。

幼少の頃からエリザと過ごす時間は色々あったが、楽しいと感じたのは初めてだった。

腹が立つ時もあるし、相手を怒らせることもあるが、それ自体が胸を軽くする。久しぶりに鬱屈《うつくつ》した心を忘れ、心から楽しめるひと時を過ごせた。

それに、エリザは触れ合いに嫌がらなかった。

触っても嫌がらないし、嫌悪感を見せない。

抱きしめて、キスをして髪を撫でる。

その先のことがしたくてたまらなかった。婚約者相手にこんなに我慢を強《し》いられるなんてありえない。

早くエリザのスカートの中に触れ、下着を脱がして、とろとろにしてから雄を突き挿《い》れたい。

すっかり下半身に頭まで支配されていたクラウスだが、エリザがここまで嫌がらないなら、きっと自分に好意はあるのだろうと思っていた。

だから、探るようなことを言ってしまった。

「本当に好かれているのかと勘違いしそうになる」

エリザからの返事は「信頼関係を築きたい」だった。

エリザは皇子妃となった時に二人で公務をこなしていきたいと、未来を見据えてクラウスと仲良くしようとしているのだ。確かに、将来共にやっていくのは大切だろう。

だが、今の自分の感情が蔑《ないがし》ろにされているような気がした。エリザにとっては、クラウスがどう思っていようが関係ないのだ。

クラウスは将来の伴侶という立場なのだから、皇子として正しく振る舞っていればそれでいいと言われたようなものだ。

クラウスの手は、すっかり汚れている。

この国の暗部を知りすぎているし、絶対に明かせないことをたくさんしてきた。

これからだって、エリザに打ち明けられない仕事を引き受け、黙ってこなさなければいけないのに。そんな自分が、信頼関係など築けるわけがない。

何も知らないくせに。

そんな気持ちで、エリザも汚したくなる。

無理やりキスし、強引に唇を奪った。

信頼関係など要らないといった時にエリザは驚き、傷ついた表情をしていた。

だから、彼女は本気でそれが必要だと考えていると分かった。そっちの方が残酷だと思う。やはり、自分たちは分かり合えない。

だがいつの間に、エリザはこんなに素直に感情を明かすようになったのだろう。今までは簡単に心を許さなかったのに。

いや。これからのクラウスとの関係を築くために、心を開いて感情を見せてくれるようになったのかもしれない。

ここで彼女を傷つけたままにしたら、また以前のようになってしまう。

それは嫌だ。不仲には戻りたくない。

それに、クラウスはエリザに好かれたかった。自分を好いてくれるエリザを抱きたい。

抱きしめると、抱き返してくれる。でも、それだけなのだろうな、という諦めに似た気持ちが体を支配する。

エリザに好かれるような要素が自分には一切ないことは、よく分かっていた。

事態が急転したのは、クラウスが公務で学園を休んだ日だった。

イオナイトの本部と見られる場所への大規模な襲撃の準備をしていると、学園に潜り込ませていた配下から急報があったのだ。

ラウラ・クナイストが乱心。エリザたちに絡んで、イオナイトの名前を出し、ローゼリンデの騎士であるアデリナと交戦中だと。

半信半疑で転移すると、本当だった。

アデリナは地面に倒れ伏し、それを庇うレオンに攻撃するラウラ。

ラウラを投げ飛ばすと、すかさずエリザが結界を張ってくれた。

そしてエリザが質問すると、ラウラはイオナイトの関係者どころか、幹部の一員だということが分かったのだった。

混乱をローゼリンデがおさめ、集まった生徒たちを解散させていく。

クラウスも軍部に報告し、ラウラを確保し移動させる算段をつけた。

だが一体、どうしてラウラは突然自白を始めたのだろう。

ラウラはそれを妙な術と言い、舌を噛《か》んで自殺を図ってしまった。

幸い、一命は取り留めたが原因はエリザのような気がする。客観的に見て、最も何かをしていそうだ。だが、証拠はない。

そして、軍部に移動させたラウラは黙秘を貫いて一切やり取りに応じなくなった。

「どう考えても、エリザちゃんが怪しすぎるでしょ」

エリクがそう堂々と言ってのける。

「証拠もないし手段も分からない。エリザは精神攻撃への耐性が強くて、何も吐かせることは出来なかった」

「何か手を考えなきゃ、だねえ」

「それよりイオナイトだ。本拠地への攻撃と、今捕らえている捕虜への尋問だ。それに幹部の情報も精査して攻撃準備を立て直さないと」

この生活がずっと続くと思っていた。

だから突然、議会に呼ばれて自分の処遇について議題に上がった時は驚いた。

五大公と高位貴族、それに皇族が出席する議会だ。父である皇帝と皇太子《こうたいし》である兄、アベルも出席していた。

ヴァイカート公、つまりエリザの祖父が口火を切る。

「クラウス殿下に軍務を任せるのは分かります。だが一兵卒として実務を任せるのはいかがなものか。それも、在学中というのにほぼ毎夜だ」

ヴァイカート公は勤務表まで入手していた。あれもかなりの機密事項だが、公の威光をもってすれば簡単に手に入れられるのかもしれない。

アベル皇子の配下であり軍の高官でもある高位貴族が、尤《もつと》もらしい弁明をする。

「特殊部隊は対テロ組織、科学推進派に睨みをきかせなければいけません。その為にも皇族が旗印になるのは必須」

「ではそれなりの地位が必要だ」

「殿下が在学中でありますので、それも難しく。卒業し、正式に軍属となりましたら相応の椅子を用意いたします」

「では、在学中であれ皇族であるから特殊部隊に必要であると」

「は……」

ヴァイカート公の切り込みに、軍高官は不穏なものを感じたようですぐには明言できない。ちらりとアベルの方を見ている。

ヴァイカート公は続けた。

「皇族であることが必須なら、特殊部隊に在するのはクラウス殿下である必要はない」

アベルが口を挟んだ。

「まさか私を所属させるつもりじゃないだろうな、ヴァイカート公。生憎《あいにく》多忙の身でな。細かなことにまでかかずらっておれぬ」

「まさか。アベル殿下にそのような些事《さじ》を煩《わずら》わせるなど、とてもとても。他の適任がおりますでしょう」

「その役目、わらわが引き受けよう」

突然、議会に入ってきたのはローゼリンデだった。用意のいいことに、既に軍服を着ている。

皆が呆気《あっけ》に取られていた。

アベルが嫌な顔をして言う。

「お前などに軍務がこなせるわけがない」

「わらわには実績があります故。学園内に紛れ込んでいたイオナイトを一網打尽にし、計画されていたテロ行為を全て潰しました」

「偶然だろう」

「兄上におかれましては、たかだか特殊部隊の人事などという細かなことにかかずらう必要もないでしょう」

ローゼリンデの皮肉に、アベルのこめかみに血管が浮く。

それを合図のように、ヴァイカート公が締めくくる。

「陛下、いかがですかな」

「うむ。ローゼリンデのお手並みを拝見といこう」

「では、そのように」

それで、クラウスはお役御免となった。

ヴァイカート公はクラウスの後見だと、はっきり態度を示したのだ。孫娘の婚姻相手を軽く扱うな、と。

これまでは、クラウスの素質を試すような素振りだったが、ついに決めたらしい。

エリザを皇族の妃とするのを目標としていたヴァイカート公だが、これまではクラウスを仮初《かりそめ》の婚約者としていた。

本命はアベルだろう。ヴァイカート家としては皇子のどちらかにエリザが嫁げばいいのだが、第二皇子のクラウスより、皇太子であるアベルがより良いと望んでいたのだ。

だが、アベルの方もそれを分かって、のらくらと躱《かわ》しながら美味《おい》しい部分だけ掠《かす》め取ろうとする。

しかし、エリザが学園を卒業する前に決断したのだろう。

突如《とつじょ》変更になった勢力図に、高位貴族たちも密《ひそ》やかにざわめいた。

今のクラウスにはありがたかった。

意に沿わない任務から解き放たれたこともそうだが、もうエリザを手放すことなんて出来ない。

さっそく軍務から解放されたと報告しに行って、エリザに何度も口付けた。感じていることを指摘したら拒絶されたが、宥《なだ》めて抱きしめると機嫌が直った。

これなら、望みがあるだろう。彼女もまんざらでもない筈だ。

このまま、時間をかけて新しい関係を築くことが出来たら、きっとエリザはクラウスを好いてくれるだろう。そう思っていたのに。

同僚のエリクが教えてくれたのは、エリザには心から愛する男が居るという情報だった。

エリクは暗い顔をして、最後に会いに来たのだと告げた。

「ローゼリンデ殿下がケツ持ちしてくれると思って、調子に乗りすぎた。北の流刑地《るけいち》に左遷《させん》だってよ。最悪だ。あそこ、野郎しか居ないってのに」

「お前、何をしたんだ」

「エリザ・ヴァイカートには、魔道具を使った強烈な魅了も効かなかった」

思わずエリクを睨みつける。

なるほど、この男はエリザに魅了をかけようとして失敗し、ヴァイカート家の怒りを買ったらしい。クラウスは内心腹を立てながら無表情で言い放った。

「自業自得だ。そんなことするから、北の砦《とりで》に異動になるんだ。しばらくは帰れないと思え」

「彼女がブリリアントハートを使って、ラウラ・クナイストを操ったのは明白だ」

エリクはブリリアントハートについて説明し、そしてパール宮中伯《きゅうちゅうはく》の子息エドガーについても教えてくれた。

クラウスはその男に心当たりがあった。エリザの兄、フリードが連絡をしてきて、エリザが二人で会った男だ。

なるほど、確かにエリザがブリリアントハートを持って使っているのだろう。

最後に、エリクは水晶玉の録画データを手渡した。

「これはラウラ・クナイストがパビリオンと呼ばれる学園内の施設に仕掛けた動画だよ。魅了の指輪が効果を発揮できない理由はただ一つ。心から愛する者が居る時、だって」

嫌な言葉に、胸が痛くなる。

そしてその動画を見た時には、心が凍り付きそうだった。

過去のエリザが、言っていたのだ。

『街で出会った男に助けられ、一目惚れした』と。

確かに、あの日を境に、エリザは変わったのだった。

それは、動画でも顕著《けんちょ》に分かった。

それまではクラウスとの婚約を解消したがっていたのに、その日から突然態度を改めた。かと思えば、クラウスに娼館通いを薦めもする。

きっと、相手は平民でエリザとは身分差がある。エリザはその男と結ばれることはない。

だから、クラウスという婚姻相手を作っておき、隠れてその男を愛人にするのだろう。

もしくは、もう既に愛人にしているのかもしれない。

許せない。そんなこと、絶対に許せない。

ではどうしたらいいか。

体から、堕《お》とす。それしかない。

クラウスはそう結論付けた。

そして、皇宮にエリザを呼びつけたのだ。

エリザは美しく着飾って現れた。今から汚されるとも知らずに、慎ましい淑女の装いをしている。

そう思うと、我知らずのうちに笑みが零れた。

それを見て、エリザがびくりと反応した。目に怯えが現れている。

女の本能で、恐怖を感じ取ったのかもしれしれない。

クラウスは構わずエリザを部屋に連れ込み、裸に剝《む》いてベッドに押し倒した。

快楽だけを与える術式も、精神に作用するものだ。エリザの耐性が高く効かなかったら、痛みを伴うものになるだろう。

だが、それでもいいと思い直す。痛みを与えるのは自分だと思い知らせたい。

そう考えながらも、エリザが初めてではなく他の男に抱かれているかも、という疑いも捨てられないのだ。

実際に触れてみて、クラウスは内心驚いた。

快感だけを与える術式が、効きすぎている。演技かと疑ったがそうではない。

エリザはどこに触れても感じ、喘《あえ》ぎ、蜜を際限なく溢《あふ》れさせた。蜜口はとろとろになっていたし、エリザ自身も蕩《とろ》けたように感じている。

術式を使用する一環で、クラウスの頭は冷え、感情的にはならないようになっていた。しかし、その冷静さをかなぐり捨てたくて仕方なかった。エリザに溺《おぼ》れたい。思い切り腰を振って突き上げて、中に出したい。

挿入してからは、一層その思いが強くなった。

初めてなのに、エリザが思い切り感じていたのも興奮した。

彼女は、まだ男に抱かれておらず処女だった。

名前を呼べと命じれば素直にクラウスと口にし、抱きつけと言えば戸惑いはするもののその通りにする。効きすぎだ。

術式を解いたら、すぐに冷え冷えとした雰囲気になるのだろうか。

終わった後も、素直にキスを受け入れ舌を絡めあっている。

顔も体もとろんとして、クラウスをぼんやり見つめている。

可愛い。興奮する。もっとしたい。

しかし、これ以上術式を続けるのは危険だ。今日のところはこれで終わるが、こうやって快感を植え付けることを何度も繰り返していけば、他の男のことは忘れていくだろう。

クラウスは恐る恐る、そっと術式を解いた。

だが、エリザはとろんとしたままで、詰《なじ》ったり嫌がったりしなかった。

彼女の様子を注意深く観察していると、エリザは口を開いた。

「私、見たの」

「……何をだ」

「貴方が、軍服でお仕事をしているところ」

「いつ」

いつ、何を見られたのかとヒヤリとする。

エリザには絶対知られたくない、秘すべき仕事をたくさんしていた。

もしその一端でも見られていたら、彼女は人殺しと蔑むかもしれない。怯えて近づかなくなるかもしれない。

だから絶対に肯定せず、かまをかけられても突っぱねようと思っていた。

だが、エリザが口にしたことはそれどころではなかった。

「――皇国の犬が、我らイオナイトの力を思い知れ。まさか銃を使うだと。魔法剣士じゃないのか。こっちの方が簡単で痕跡もバレない」

「……！」

それは、以前の仕事内容そのものだった。エリザは正確に再現して見せた。

「ご苦労さん。ガサ入れは不発に終わったけどね。巣に戻る。タバコ、吸っておいた方がいい。銃ってのは硝煙《しょうえん》が体につく」

「それ、は……」

「クナイストの娘はなんかゲロった？」

「もういい！」

エリザが本当にあの夜のことを見たのは、間違いない。言い逃れのしようもないほど、完璧に覚えている。

見られたくなかった。

自分が殺人鬼であることを、知られたくなかった。

だから、その後のエリザの言葉には耳を疑った。

「あの時のクラウス、とてもかっこよかった……」

「……は？」

「あれを見て、私、恋に落ちてしまったの」

「え、は？　何を……」

まさか、という気持ちでいっぱいだが、心臓の鼓動が激しくなっている。

ドキドキして挙動不審になるクラウスに、エリザは恥ずかしそうに告げた。

「貴方が好きよ、クラウス。あの日から、私は貴方のことを好きで仕方ないの」

まさか、そんな。

クラウスは呆然《ぼうぜん》と、横たわるエリザを見下ろした。

第七章
甘い尋問と宣誓

ついに、告白してしまった。

これ以上誤解されるのが嫌で、クラウスが知られたくない過去を詳細に告げてしまった。

これでもまだ信じてもらえないだろうか。

自分だけ裸で、彼はまだ服を着ているのも恥ずかしいが、エリザはちらりとクラウスを見上げる。

彼は、目を見開いたまま呆然《ぼうぜん》と呟《つぶや》いた。

「信じられない……、そんなこと、ある筈《はず》が」

「どうすれば、信じてくれる？」

エリザがそっと身を寄せて尋ねると、クラウスは言い放つ。

「もう一回、ヤらせろ」

「えっ……」

「今度は術式をかけない。それで反応を見る。本当は嫌か、それともちゃんと感じてるか、すぐ分かるからな」

そう言ってまたのしかかってくる。

エリザは恥ずかしいけれど頷《うなず》いた。

「分かったわ。でも、次はクラウスも脱いで……」

「……！」

それを聞くと、クラウスはすごい勢いで起き上がって服を脱ぎ捨てた。

全裸になってから、またエリザに覆いかぶさってくる。

エリザも両手を差し伸べて、彼を迎え入れる。二人は抱き合って、そしてキスから始めた。

唇を軽くちゅ、ちゅと触れ合わせるだけで下腹部が疼《うず》く。腰を揺らしそうになるのをエリザは意思の力で止めなければいけなかった。

やがて、クラウスの舌が侵入してきた。

激しい舌使いだった。クラウスは貪るようにエリザの咥内《こうない》を掻《か》きまわし、吸い、唇を甘く噛《か》む。

「んっ、ふ……ぅ……っ」

上あご、舌の裏、歯とその周辺と咥内の全てを彼の舌で愛撫《あいぶ》される。それから、舌同士をぬるぬると擦《こす》り合わすと気持ちが良くて声が出てしまう。

ぎゅっと抱きしめられているので、触れ合っている肌が全部気持ちいい。

足は彼の腰によって割り開かれていて、雄の硬さも感じる。

やがて、クラウスの雄がエリザの襞《ひだ》の間におさまった。エリザの蜜と、先ほどクラウスが放った欲望の証《あかし》でそこは濡《ぬ》れそぼっている。

クラウスがゆっくり腰を動かすと、粘膜同士が擦り合わされる。

雄の先端が一番敏感な尖《とが》りを擦りあげると、エリザは夢中でキスに応えながら腰を揺らした。

「ふぁ、あぁ……っ」

飲み込みきれない涎《よだれ》が口元から溢《あふ》れ出る。

長いキスからようやく唇を離したクラウスは、やはりエリザを疑うような、それでいて不安そうな瞳で見つめていた。

「本当に、感じているのか」

「本当に、術式は解いているの？」

「ああ」

「だって、さっきと同じように気持ちいい……」

クラウスの目の色が変わった。

「つ、くそ、煽《あお》るな。優しくヤろうとしてるのに」

「だって、感じたら本当のことだって信じてもらえるから……」

「あー、もう、無理。挿《い》れる。痛かったらごめん」

クラウスがエリザの足を大きく開き、蜜孔をじっと見つめている。

「やだ、そんなに見ないで」

「うわ、エロ。俺のとエリザのが混じってとろとろ出てる」

「や、言わなくていいから！」

思わず手で顔を覆ってしまう。恥ずかしい。

「顔、隠すなよ。見せて」

「ん……」

クラウスはじっとエリザの顔を見ながら、蜜口に雄の先端を宛がった。

多分彼なりに気を遣っているのだろう、腰をゆっくりと押し進めてくる。少しキツくてぴりぴりするが、それよりもさっき教えられた快感が強く残っている。

クラウスの雄がいったりきたりするたびに、中の感じるところを掠《かす》めていく。

もっと、強く擦ってほしい。

ゆっくり媚肉《びにく》を擦り上げられる快感に、エリザはびくびくと身悶《みもだ》えた。

そんなエリザを見て、クラウスは真顔で尋ねる。

「痛くないか」

「ん、気持ち、いい……」

その顔、好き。見られていると、感じる。

きゅうきゅうと媚肉が彼の雄にまとわりつき、搾り取ろうとする。

クラウスは何かを耐えるような表情になった。

「エリザ、本当に？　俺のこと、好きなのか？」

「ええ。好きよ」

「エリザ……」

一瞬、クラウスが泣きだすのではないかと思った。それほど感情を乱した表情をし、縋《すが》り付くようにエリザを見ていたのだ。

そこまでエリザのことを信じられておらず、驚愕《きょうがく》の出来事だったのだろうか。

彼が顔を隠すように、ぎゅっとエリザを抱きしめる。エリザも、クラウスに抱きついて、そして頭を撫《な》でた。ふんわりとした髪に触れるのが気持ちいい。

しばらくそうしていると、やおらクラウスは身を起こして腰をゆったりと動かし始めた。

クラウスの手が胸に触れ始めた。ふにふにと柔らかく揉《も》んだかと思うと、先端をきゅっと摘まむ。

腰は動いたままなので、中の雄がゆっくり出たり挿《はい》ったりしている。

「あ、あぁ……っ」

気持ちがいい。感じるエリザを、クラウスはじっと見降ろしている。

「エリザのイく顔が見たい」

「やだ、恥ずかしい」

すると、クラウスは腰の動かし方を変えた。

雄を少し引き抜き浅い部分、敏感な尖りの裏側辺りを先端に当てる。そしてそこをごりごりと小刻みに擦り始めたのだ。

「ここだろ？　エリザのいいところ」

「きゃぅっ！　あっ、そこ、やぁっ……！」

今までじんわりと全体が気持ち良かったのが、突然収束した快楽を与えられる。エリザは悲鳴のような嬌声《きょうせい》をあげ、快感を逃そうと腰を動かした。

だがクラウスはエリザを押さえつけ、動かないように固定する。そのまま感じるところを容赦なく責められ、エリザの絶頂が近くなる。

「エリザ、俺の名前を呼びながらイって」

「あぁっ、クラウス……イっちゃう、クラウスぅ……っ、あっ、あーっ！」

無意識のうちに腰を突き上げてしまい、体がガクガク動く。

頭は真っ白になって、絶頂感で満たされた。

クラウスはくっ、と眉根を寄せて言った。

「危ねぇ、持ってかれるとこだった」

「はぁ、はぁ……っ」

荒い息のエリザに、クラウスは奥までぴったりと腰を差し込んで悩ましい溜息《ためいき》を吐《つ》いた。

「っ、ふぅ……、初めてなのに中イキまでして、ほんと体の相性良すぎ」

「ん……っ、だって、クラウスがそうさせたのに……」

そう言うと、彼はとろりとした笑みを向けた。

「そうだ。俺がエリザをいやらしい体にした。だから、もう俺以外は見るなよ。俺は、絶対にお前を手放さない」

強烈な独占欲だった。笑みを浮かべながらも、彼の瞳はほの暗く焼け付くようにエリザを見つめている。

その視線に射竦《いすく》められて感じるのは、喜びだった。

彼は、エリザを選んでくれたのだ。エリザもうっとりとして言う。

「嬉しい。私も、クラウスだけだから。だから、クラウスも、もう他の人とこんなことしないで」

すると、彼はニヤリとして言った。

「こんなことって、どんなこと？」

そう言いながら腰をガンガンと突き上げる。

全体を掻きまわされ、全てが気持ちいい。

問いかけながら、答えさせる気がない行動だ。

「あーっ、やだぁ、意地悪……っ」

「可愛《かわい》い。こんなエロい姿、俺だけが知ってるのが嬉しい」

「はぁっ、んっ、あぁっ、また、イっちゃ……」

「俺も、一緒に……！」

痺《しび》れるような快楽に溺れ、体をがくがくと震わせるとクラウスも激しく腰をぶつけてきた。

お互いぎゅっときつく抱き合って、奥深くまで繋《つな》がる。

クラウスが低く唸《うな》って、最奥まで腰を押しこんで欲望を放つ。

エリザはそれをうっとりと受け止めた。

そのまま、またキスを繰り返す。

クラウスが色っぽく息を吐いて言った。

「はあ、このままじゃキリがない。ずっとエリザを抱いていたい。話をしなければ」

ずるりと引き抜かれて、声が出る。

「んっ……」

「そんな声出したら、またヤりたくなるだろ」

「流石《さすが》に、初めてだしちょっとヒリヒリするから。もうやめて」

術式のおかげで気持ちよくはなったけど、破瓜《はか》の傷が癒えるわけではない。少し痛みがあるし、体がダルい。

クラウスは分かったと頷いた。

「聞きたいことがある」

「何かしら」

「何故《なぜ》、俺の任務中の姿を見たんだ」

「それは、私もよく分からないんだけど、挑戦状が届いたの」

エリザは差出人不明の封筒が届き、そこに日時指定をされて真実を確かめたと説明した。

クラウスはいくつか質問して状況を確認した後、考えて口を開いた。

「その封筒を送った人物に心当たりは？」

「分からないの。追跡しようとしても真っ白で綺麗《きれい》なものだったわ」

「俺は、お前がいつもつるんでる三人のうちの誰かが差出人だと思う」

「えっ！　どうして？」

エリザかクラウスに恨みを抱いている人物で、学園の生徒か教師かと思っていた。それなのに、マリーナ、ローゼリンデ、アデリナのうちの誰かが差出人だなんて。

エリザは驚くが、クラウスは冷静に告げる。

「俺が軍部に所属していることは、あの時は秘匿されていた。知っているのはごく一部の者だけ。しかも、仕事の予定も分かっていた。予知ではなく、おそらくそれを知る立場にあるか、それに近しい者なのだろう」

「そう、なのかな」

「マリーナは父が宰相《さいしょう》であることから、情報を知ることが出来る立場だ。ローゼリンデも立場的に同様。アデリナは父と兄が陛下の近衛《このえ》だから知っていた可能性が高い」

「でも、その三人ならどうしてこんなに遠回りな方法で私に教えたの。直接言えばいいじゃない」

「手紙を出した者の動機は、エリザが自主的に俺との婚約を解消したがることなんじゃないか」

確かに、クラウスへの悪意は感じた。でも、動機までは分からない。

「分からないわ……」

「何か、怪しいと思ったことはないのか」

「まさか」

ローゼリンデは親身になってくれていた。エリザが軽んじられると我が事のように怒ってくれた。

マリーナはいつも優しく励ましてくれていた。エリザの気持ちが一番と言ってくれた。

でもそう言われてみれば、クラウスとの婚約なんてやめちゃえば、と呟いていた。だがあれも、エリザのことを思っての忠告だろう。

アデリナは裏表がないし、こんなややこしいことをするタイプではない。何かあれば直接言ってくるだろう。

ただ、一点気になったのは最近、訓練をレオンとやっていることだ。

レオンは西の大国フィオニスの王族だ。ローゼリンデに気のある素振りを見せていたが、彼女があまり登校しなくなるとアデリナにアプローチを始めたようだ。

そこには何かの目的があるのだろう。アデリナが利用されていなければいいが。

そう言われると、皆が怪しく思えるがエリザは三人を信じたい。

複雑な表情で黙り込むと、クラウスが甘く意地悪な声を出した。

「何か、知っているんだろ」

「……いいえ。特には」

誤魔化《ごまか》した。

だがクラウスは誤魔化されてくれなかった。

「女の密偵の口を割らすいい方法があるんだ。実際に試したことはなかったが、是非実践したいと思っていてな……」

「待って。本当に知らないのよ。何をそんな、人を練習台みたいに」

「他の相手にはしたくない。だが、エリザにならやってみたい」

クラウスが有無を言わせずエリザを押し倒す。

何故か瞳がぎらつき、確固たる意思を感じさせた。

そして、エリザは甘い悲鳴を延々とあげさせられることになる。


「ひぁっ、あーっ！　も、やめてぇっ」

エリザは己の足の間に陣取り、秘所に顔を埋《うず》めるクラウスの頭を遠ざけようとした。だが、全然力が入らず離すことは出来ない。

クラウスがわざと、舌を伸ばしてこちらを見ている。そして、舌先でゆっくり敏感な尖りを舐《な》め上げた。

「あぁっ！」

既に何度もイかされていた。

クラウスの舌は執拗《しつよう》で、容赦がなかった。

尖りを包皮ごと口に含んで舌で転がし、甘噛みして絶頂へ導く。

包皮を剝き上げ、陰核を晒《さら》して舌の腹で撫でまわして焦《じ》らす。その後、強く吸われるとひとたまりもなく達してしまった。

強制的に快感を味わわせて、何度も絶頂へと送り込む。過ぎた快楽は苦痛になると知った。

陰核の周囲を舌先でぐるぐると円を描くように舐めまわされると、勝手に腰が動いてしまう。その後、指で下から上へと襞の間全体を何度も撫で上げられたら悲鳴のような喘《あえ》ぎ声が出た。

もう、イくのが止まらない。

感じすぎて涙とよだれを零《こぼ》しながら、嬌声をあげまくる。

エリザは投降することにした。

「あぁっ、も、知ってることは、話すから！　だから、やめてぇ……っ」

「エリザ、もうちょっと頑張れ」

しかし、クラウスは意地の悪い顔でそんなことを言うのだ。

「なんでぇ……」

「折れるの早すぎ。もっと強がって耐えないと」

「いや、やめて。なんでも言うから……」

「もうちょっと舐めて感じさせたいから。頑張って我慢して」

「いやぁ、も、あーーっ……」

包皮を指で完全に剝いて、根元を左右に弄《いじ》られる。同時に、舌先で陰核の先端をつついて弾《はじ》かれるとまた達した。

もう、無理だった。

エリザは無様に足を開いたまま、喘ぐことしか出来なくなった。蜜と精液をたらたら秘所から垂れ流し、瞳はとろんとなって何も見ていない。

「はあ、こんなの我慢できる訳がない。挿れたい。挿れる」

「あーっ、あーっ」

クラウスは遠慮なく挿入してきた。そのまま長いストロークでがんがんと腰を突きまくる。

すっかり堕《お》ちてしまったエリザは、感じて喘いで達しまくって、そして気絶するように眠ってしまったのだった。


起きて正気に戻ったエリザは、クラウスを羽毛枕で殴って罵倒した。

「馬鹿！　馬鹿！　もー、馬鹿！」

冷静さを失っているので、悪口が馬鹿しか思い浮かばない。

クラウスはニヤニヤしながらエリザを抱きしめた。

「ごめん、もうあんまりしないようにはするから」

「二度としないで！」

「それは約束出来ないな。また舐めたいし感じさせたいし」

「馬鹿！」

「感じてるエリザは可愛くて、もっと見たいし可愛がりたくなるんだから仕方ない」

「仕方ない、じゃないでしょ！　程度を考えて！」

クラウスは神妙な顔を作ろうとして、それを放棄したらしい。やっぱりニヤニヤして言った。

「ごめんな。でもこんなにエロくて可愛いエリザが俺を好いてくれてるんだから、もっとヤりたくなるのが普通だって」

「……言っておきますけど。人の心は移ろうものよ」

「……！」

「私の意思を蔑《ないがし》ろにして、好き勝手振る舞っていたら好意もなくなるから」

「駄目だ！　それは駄目。すまない、エリザ。浮かれていた」

今度こそちゃんと反省したクラウスに、エリザはしっかり釘《くぎ》を刺す。

「お互いを尊重して、品位ある行為を心掛けましょう」

「ああ。はぁ……、エリザ……」

クラウスが抱きしめた手を不埒《ふらち》に動かし始めた。それに、押し当てられた雄がまた硬く勃《た》ちあがっている。

キスされたらなし崩し的になることは目に見えている。

「離れて！　今日はもう帰ります！」

「送るから。だからもう少し……」

「もう、ヤりすぎよ！」

「エリザがそんなこと言うと、余計興奮する」

いい加減にしろ、と言いたい。

でも、自分を求めてくれているのは嬉しい。

こんな風に箍《たが》が外れたように求められるのも、最初だけだろうしすぐ落ち着くだろう。

「じゃあ、送ってくださらない？　クラウス殿下《でんか》。私、貴方《あなた》の普段着もとても素敵だと思ったわ」

「エリザ……！」

興奮してきつく抱きしめ、キスしようとするクラウスをいなして入浴する。

帰り着いた時にはくたくただったが、充足感はあった。

クラウスに、気持ちが伝わった。

彼も、同じ気持ちでいてくれている。嬉しい。

この幸せが続いたまま、婚姻を正式に結びたい。

しかしその願いは、祖父の呼び出しによって打ち砕かれた。

後日祖父の執務室に呼び出されたエリザは、宣告を受けたのだった。

「第一皇子であるアベル殿下から、婚約の申し入れがあった」

「突然、でございますね……」

声が震えそうになるのを抑えつける。

何故、今になって。

嫌がらせなのだろうか。アベルがクラウスに対して嫌がらせのような行為をしているのは、己の立場を確たるものとしたいからだろうか。

このままだと、いつかクラウスが暗殺されそうで怖い。

思わず身震いしてしまったが、祖父の前だ。表情は取り繕い平静を装った。

「当家としては、皇太子であるアベル殿下との婚約を断る理由がない」

条件としては確かにそうだ。だが、本当にそうなら有無を言わせず婚約を決定づけてからエリザに告げる筈だ。

「その通りでございます。ただ、気になるのは当家がクラウス殿下を後見すると決めてからの申し入れです」

「そうだ。餌《えさ》をちらつかせ、簡単に尻尾を振ると思われても業腹《ごうはら》なものよ」

「それに、ただの婚約のお申し出ですか。簡単に解消されるような約束は当家をあまりに軽く見ているというものですわ」

エリザの見立てに、祖父はゆっくりと頷いた。

「次の議会に、この議題を出す。エリザ、お前も出席するのだ」

「……！　ありがとうございます」

アベルとの婚約を受け入れるか断るか、エリザに任せると言ってくれているのだ。

ただし、釘も刺される。

「人の上に立つ者に求められるものは何か分かるな」

「はい。それは品格や威厳といったものでございます」

「そうだ。品位なくては統治は出来ない」

だから、このヴァイカート家では品位と理知を磨き上げる教育をされる。

今回も、そのように振る舞えということだ。

同時に、祖父はアベルのやり口を気に入っていないと見た。アベルがクラウスに対して起こす行動には、品性がない。

さて、どのように振る舞えばいいのだろうか。

アベルの申し出を断り、クラウスとの関係を認めさせるには、何が一番効果的だろう。

部屋に戻って色々と考える。今頃、クラウスは何をしているだろう。

すると、突然手紙が舞い込んできた。術式で転送されてきたのだ。

封を開けなくても、クラウスからだと分かる。彼の気配がした。

ドキドキしながら中身を見る。

『心配するな』

クラウスも、考えて動いてくれている。

それならば、エリザも。

シンプルな返事を書く。

『愛しています』

先日訪れた彼の部屋に転移させる。これで伝わるといいのだが。


議会に参加するのは初めてだ。

祖父の隣に付き従っていると、皇族の入場が宣言される。

皇帝陛下の後にアベル、ローゼリンデ、クラウスと三人の皇族たちもやってきた。

ローゼリンデにはアデリナも騎士として付き添っている。騎士の隊服姿のアデリナは久しぶりに見るが、凛々《りり》しく恰好《かっこう》がいい。男子生徒に混じって必死に訓練していた甲斐《かい》あって、自信は取り戻せたようだ。

議会が始まった。様々な議題が取り沙汰されるが、エリザは自身の関わる内容までじっとしている。

そのつもりだった。

だが、直接は関係のない議題に驚愕することになる。

ローゼリンデが淡々と発表したのだ。

「かねてより尋問中だったイオナイトの幹部、ラウラ・クナイストが再度自決をはかり死亡した」

「……！」

まさか、ラウラが本当に自ら死を選んでしまうなんて。

何もそこまでしなくても、とエリザは思うが、ラウラにとっては皇国に捕縛《ほばく》され取り調べを受けているのが耐えられない状況だったのだろう。

一方的に敵意を抱かれていた関係だが、やはり衝撃があった。

アベルがローゼリンデに質問する。

「その責任の所在は？　せっかくの手がかりを失った始末はどうつける」

「責任はわらわに。現在の役目は返上し、北の砦《とりで》の責任者となるべく伺いをたてているところだ」

「ふむ。それならば、西のフィオニス王国に嫁ぐことが出来んな。だが、安心しろ。ローゼリンデが嫁がずとも、皇族が参れば問題は無い。先方の第一王女が妙齢で婿を探しているようだ。クラウス、行ってくれるな」

「……！」

エリザは再び衝撃を受けた。

こんなこと、全くの想定外だった。

アベルは完全に、ローゼリンデがクラウスを軍務から解放したことを根に持っているらしい。同じやり方で仕返しをしていることが、何よりの証拠だろう。

エリザはどう対応していいか分からず、ただクラウスを見つめた。

彼は何の動揺もしておらず、落ち着いているように見えた。そのまま冷静に口を開く。

「その件につきましては、フィオニス王国の特命全権大使を呼んであります」

「なに……」

アベルは知らされていなかったようだ。クラウスが合図をすると、扉が開かれフィオニスの民族衣装を着た人物が現れる。

レオンだった。

頭部に白の布をかぶり、黒のバンドで止めている。服装も白の衣装だが、黒のコートのようなものを羽織っている。それには金や銀の糸で複雑な刺繍《ししゅう》がされており、彼が高貴な身分であることを示していた。

レオンは堂々と歩いて答弁者席へと着いた。そしてよく通る低い声で話し始めた。

「まずは謝罪を。ローゼリンデ姫との婚姻は、こちらの都合で解消させてもらうこととなった」

「そんなことが」

皆がざわつくが、レオンは続ける。

「現在、我が国の王の後宮は定員に達している。ローゼリンデ姫に相応《ふさわ》しい部屋を用意することは出来ない」

王は現在、別のお気に入りとも言える寵姫《ちょうき》を抱えているようだ。

ローゼリンデは口を挟まずじっとしているが、アベルは黙っていない。

「それでは、第一王女の婿にクラウスを。もし第一王女が無理でも、他の王女がいる筈だ」

「それも不要。二国間の友情の為に、私の後宮に姫君を迎え入れることをもって同盟とみなす。その許可は我が王より得ている」

「姫君……？　生憎《あいにく》、ローゼリンデ以外に年頃の姫は居ないが。そのローゼリンデは北の砦の責任者となった」

レオンは答弁席から離れ、ローゼリンデの元に歩いていく。

そして、ローゼリンデの背後にいるアデリナに向きあって言った。

「アデリナ、俺の姫君。どうか我が国に一緒に来てほしい。そして、俺の妃《きさき》となってくれ」

「えっ！　えーっ?!」

一番驚いているのはアデリナ本人だろう。

エリザは言われてみれば、思い当たる節があった。

レオンからの視線を感じ、それはローゼリンデを見ているのかと思ったが、彼は更に奥に居たアデリナを見つめていたのだ。

ローゼリンデに小言を伝えに来たのも、アデリナに近づく為。

もしローゼリンデがそのまま王の後宮に嫁いでいたら、アデリナも一緒にフィオニスに向かうことになる。彼女が過ごしやすいように、ローゼリンデにしっかりしろと注意していたのだろう。

道理で、ローゼリンデはレオンが厳しくて好意を感じないと言っていたわけだ。

ローゼリンデも腐っても女。レオンが自分ではない誰かに好意を向けているのをなんとなく感じ取っていたのだろう。

アデリナが学園内で特訓を始めた時は、同じ騎士や魔法剣士など、武に優れた生徒たちと共に行動していた。

だがいつの頃からか、アデリナにはぴったりレオンがくっつくようになっていたのだ。

全てはレオンの策略だったのだ。

その彼がアデリナを口説いている。

「心配せずとも、俺の後宮にはアデリナ一人だけだ」

「いやー。それはどっちでもいいっていうか、まあ自信はないけど。私は護衛騎士としての訓練しかしていない。他のことは何も出来ないぞ。後宮暮らしなんて無理だ」

アデリナが驚きながらも、首を横に振って断ろうとしている。だがレオンは引くつもりは無い様子で言い募った。

「俺はアデリナと共に訓練して、貴女《あなた》が好きになったんだ。だから、何も憂うことなく来てほしい」

レオンは、アデリナが好きになったのを共に訓練したから、と理由付けているが、あの視線を感じたのはその前だ。きっと、前から好意を抱き狙っていたのだろう。

「うーん。それは、嬉しいけど……」

「二人で二国間の架け橋となろう。両国の友好関係を、皆が望んでいる」

そんな風に追い詰められたら、拒否できるわけがない。

アデリナは引きつつも、仕方なく了承してしまった。

「分かったよ。そんなに求められるのも、有難いことだしな。今まで結婚なんて考えたこともなかったから、ピンとこないけど。私はあんたを尊敬してるよ、レオン」

「今はそれで充分だ。ありがとう、アデリナ」

アデリナの手を取って、レオンは手の甲に口付けた。

自然と拍手が起こった。エリザも大きな拍手をして二人を祝福する。

クラウスは、こうなることを見越してレオンを招いていたのだ。すごい読みだ。エリザは彼のやり手ぶりに舌を巻いた。

アベルは納得がいかないといった表情でおざなりに拍手をした後、口を開いた。

「めでたいついでに報告がある。私はヴァイカート家の令嬢《れいじょう》、エリザ嬢に婚約を申し込んだ。これから婚約届を提出する」

周囲はざわついた。

五大公の中には、ヴァイカート家と皇太子が近づくことを良しとしない家もある。

「それはおかしいですね。エリザ嬢はクラウス殿下と婚約中な筈。そちらを解消しないうちに新たな婚約届を出すのは道理が通らない」

さっそく五大公のうちの一つに噛みつかれたが、アベルは気にせず言ってのける。

「既にヴァイカート家に婚約の申し出はしてある。解消は様々な要因が重なり遅れていたが、すぐに行う。本来ならクラウスの新たな婚姻先の発表と同時に行う予定が、不要と先方から断られたものでな。困ったものだよ」

まるでクラウスのせいのように言っている。

腹が立つが、今はまだ発言の時ではない。その機会はすぐやってくる筈だ。

「では、ヴァイカート家の意向は？　クラウス殿下と婚約をしながら、アベル殿下から申し込まれたらすぐに乗り換えるというのはあまりに品がないというもの」

挑発されている。

だが、今だ。

エリザは挙手した。

「発言の許可を」

「認めよう」

議長に認められてエリザは立ち上がり、まずブリリアントハートを掲げた。皆が注目する中、心の中でクラウス大好きと思い魔力を込める。ブリリアントハートは真っ赤に染まった。

周囲がざわつく。

エリザはふうと息を吐いてから口を開いた。

「これはヴァイカート家の至宝、ブリリアントハート。これを持っている者は、嘘《うそ》を一切吐けません。つまり、私がこれから口にすることは全て真実ということです。ブリリアントハートの効果、試してみますか」

さっき挑発した五大公のうちの一家に尋ねてみるも、首を横に振られた。

「いいや、結構。ここからでも分かる。それは本物だ」

魔術の心得がある者は皆、本能的に分かるようだ。近くに居るものは冷や汗をかいている。もしこれを持たされ、この場で不用意な質問をされたら大変なことになるからだ。

エリザは簡潔に言った。

「私はクラウス殿下を心より愛しております。ですから婚約は解消せず、このままクラウス殿下と婚姻を結ぶことを希望いたします」

アベルが噛みつく。

「くだらん。何が愛だ。そんなことよりも、皇太子である私と共に国の為に尽くすことが五大公の責務だろう」

「一途《いちず》な愛は何よりも気高きもの。私は皇太子殿下の求婚を断り、愛を貫いた妃となります」

それが、エリザの品位となるのだ。

アベルは青筋を立て、今や激怒していた。

「そんなことは許さん！」

周囲がざわつく中、クラウスが立ち上がった。注目の中、クラウスはエリザに近づいていく。

そして、エリザの手の中にあったブリリアントハートを奪い、しっかりと握る。

それから口を開いた。

「私も、同様にエリザとの婚姻を希望する。理由は同じく。エリザを愛しているからだ」

エリザは思わず口を手で覆った。

まさか、クラウスがそこまでしてくれるとは思わなかった。

ブリリアントハートを持って告白したということは、本当に愛してくれているということだ。

「クラウス……、嬉しい」

クラウスはエリザに甘く微笑《ほほえ》んでから、アベルに向き合った。

「兄上は、このブリリアントハートを持ってエリザに求婚できますか。正直な求婚理由を口にしたら、エリザも考え直してくれるかもしれませんよ」

「俺が心を捧《ささ》げるのは国家に対してだ。エリザ嬢には正直、ガッカリしたよ。もっと利口な女性かと思っていたが、感情を優先するくだらん女だ」

「それでは、婚約のお申し出は無かったということでよろしいですか」

エリザが尋ねると、アベルは鼻で笑った。

「お前には幻滅だ。そんな女との婚約はごめんだ」

その言い草に、エリザの祖父がぎろりと睨んで口を開く。

「婚約は殿下からの申し出というのに、なんたる言い草。あまりに品格がないというもの。このような方が次代の皇帝とは、国民も不安に感じるのではないか」

「俺に王の資質を問うというのか」

アベルも睨みつけ、たちまち険悪な雰囲気になる。

だが老練な祖父はフッと笑って言い放った。

「口ではなく、行動で示してくだされ。殿下の次の政策で、皆を安心させればそれで済む話だ」

アベルはキツい視線を送っているが、それを遮ったのは皇帝陛下だった。

「その通りだ。アベルは別の婚姻相手を探すように。そしてクラウス、エリザ。そなた達の婚姻を認める」

「父上、ありがとうございます」

「ありがとうございます、陛下」

拍手が起こった。二人の婚姻は議会にも認められたのだ。

エリザは膝を折って礼をした後、クラウスを見つめる。
彼も、エリザだけを見つめていた。

エピローグ

議会が終わると皇族から退出するが、クラウスはその時にエリザと手を繋《つな》いで一緒に出て行ってしまった。

前例のない礼儀知らずな振る舞いだが、今日ばかりは愛し合う二人に免じて許された。

陛下とアベルはすぐに皇宮へと戻ったが、クラウスはエリザの手を引いて議会場の奥へと向かう。

「クラウス、どこへ行くの」

「皇族専用の控室。早く二人きりになりたい」

その言葉に、何故《なぜ》か不穏なものを感じる。エリザはあらかじめ言っておいた。

「話をするだけよ」

「分かった、でもキスくらいはしたい」

「……軽く、ちょっとだけならいいけど深くはだめよ」

「全身にキスをして、舐《な》めて、感じさせてトロトロにして挿入までしたい」

「ちょっと！」

何を言い出すのだ、と思ったらクラウスも焦っている。

そういえば、ブリリアントハートをさっき持ったクラウスは、そのままポケットに入れていたのだった。

「エリザが俺のこと愛してるって言ってくれて、本当に嬉《うれ》しかったから。今すぐ抱きたい。奥まで挿《い》れて中で出したい」

いいことを言おうとして、余計なことまで付け加えてしまうパターンだ。だが、これがクラウスの本音なのだろう。

エリザは控室に入ってからブリリアントハートを彼から受け取った。

「もう。クラウス、嬉しかったけど、これは皇子である貴方《あなた》が持つべきものではないわ。でも、ありがとう。議会での貴方もかっこよかったわ」

「惚《ほ》れ直したか」

「ええ、何度も。もっと好きになったわ……」

クラウスが抱きしめてキスを始める。

だが、抱きしめる力が強いしキスもしつこい。

エリザは彼の唇に指を押し当て、キスをやめさせた。

「話をしましょ。それから、これはしまっておくわ」

ブリリアントハートを自室に転送して、余計なことは言わないようにしておく。

クラウスはその合間もエリザを抱きしめ、隙《すき》あらば口付けようとしていた。

「話ってなんだ」

「フィオニス王国に貴方が婿入りする話、分かっていたの？」

「ああ、そのことか。そうなるような気がしていた」

「私、全然知らなかったわ。アデリナとレオンのことも。アデリナ、フィオニスの後宮でなんて暮らせるのかしら」

「どうにでもなるだろ」

クラウスはおざなりな返事で、エリザの耳や首筋に口付けたり体を撫《な》でまわしたりしている。

「もう、真面目に聞いてちょうだい。それに、ローゼが北の砦《とりで》に行くなんて。冬は辛《つら》いでしょう」

「それも大丈夫だろ」

「彼女、自害されたのね……」

同じ学園の生徒がそんなことになるなんて、やはり衝撃的だ。

そう思っていたが、クラウスは言う。

「あいつのせいで、罪のない国民が何人も犠牲になった。幹部として命じたり、手を下していた事件はたくさんあったんだ。償わせないまま死んだのは残念だが」

「そうね。もしイオナイトがなかったら、って思うけれど……」

もしイオナイトが存在しなかったら、ラウラは自由に過ごせたのだろうか。クラウスも特殊部隊には在籍せず、その姿を見なかったらエリザは好きになっていなかっただろう。そしたら、この関係にはなってなかった筈だ。

だが、クラウスは別のことを言った。

「もしイオナイトが存在しなかったら、俺は普通の学園生活をしてた。そして普通にエリザと仲良くしてた」

「そうかしら……」

幼少の頃から仲が悪かったのに、そんな展開になっただろうか。無理な気がする。

「そうだ。俺はエリザを口説いて追いかけたと思う」

「それは、どうかしら」

嫌味を言って喧嘩《けんか》の応酬になっていたような気がする。

でも、今は違う。

「エリザが好きだ。結婚したい」

そう言って、抱きしめてくれる人が何より愛《いと》おしい。

「私もよ。クラウスが好き」

彼のキスを受け入れ、エリザはうっとりとしたのだった。

それ以上のことをしそうになるクラウスを止めるのは、エリザにも辛いことだったがなんとか気力を振り絞った。

これからは、二人でいられる。二人で、共に生きていける。

それがただ嬉しくて、冷え切った仲だった筈の、愛しい婚約者の顔を見つめるのだった。

番外編

北の砦　～ローゼリンデの場合～

北の砦《とりで》はとにかく寒い。

氷点下の季節が半年以上続く。骨身にこたえる気温より、それを温めてくれる女の肌がないことがないことが辛《つら》い。

北の砦には男の兵士しかいない。近くに街などはない。村が遠くにあるが、気軽に行ける距離でもない。

北の砦に配属されるのは問題を起こした者や素行不良なものなど、訳アリの人物ばかりだ。

通称、流刑地《るけいち》。

そんなところに配属されたのは、エリク・イステリッジ人生初の挫折《ざせつ》であった。

中級貴族の次男坊という気楽な身分と、恵まれた容姿と才能。エリクは何の苦労もせずこれまで過ごしてきた。常に女に言い寄られ、入れ食い状態でたくさんの女と遊び、泣かせてきた。

学園を卒業した後は軍の士官学校に入り、そこでも優秀な成績を残し特殊部隊に配属された。そこで出会ったクラウスという皇子が、エリクの人生を変える転機となった。

エリクは皇子という身分なのに、兄に言われるがまま特殊部隊に所属し、訓練を受け、そして汚れ仕事に手を染めていた。

彼は忍耐強い性質《たち》らしく、愚痴の一つも言わず黙々と訓練も汚れ仕事もこなした。何も感じない風を装ってはいたが、エリクには彼の心が痛みを覚えているのは分かっていた。

もっと、要領よく生きればいいのに。

生きづらそうな皇子をからかいつつ、一緒に任務をこなすのには悪い気はしなかった。

そんなクラウスが変わり始めたのは、いつ頃だったか。

クラウスが感情を乱しがちになり、任務中も物思いにふけて危なっかしいことこの上ない。エリクが聞きだしたところ、その原因はエリザ・ヴァイカートのようだった。

エリクは任務にかこつけ、学園に行くことにした。

エリザ・ヴァイカートに興味があった。

あの皇子の心を乱すお貴族さまの姫がどんなものか見てみたかった。

結果的に、エリザとは会えなかった。

だがその代わり、本物の姫君と出会った。

エリクは、ローゼリンデと出会ってしまったのだ。

いつものように軽く口説《くど》いてみただけで、姫君は分かりやすくのぼせ上った。己はこの皇女をも惚《ほ》れさせることが出来るのだと、かなりの自信になった。

しかし、その自信が己を追い込むことになる。

エリザ・ヴァイカートがブリリアントハートを所持し、ラウラ・クナイストに使用したことは明らかだった。それを証明すればこの先のイオナイト対策に大いに期待できる。ついでに自分も出世出来る。

後ろ盾にローゼリンデだっている。

皇家のごたごたでクラウスが軍務から抜け、そしてローゼリンデが上官になった。お飾りの上官だが、エリクに惚れてエリクを追いかけてきて軍務に就いたのだ。何があってもエリクを庇《かば》ってくれるだろう。

そう踏んでエリザを強引な手法で取り調べたのだが、エリクの野望はそこで潰《つい》えた。

分かりやすく左遷《させん》され、飼い殺される運命だ。

だが、エリクはまだ諦めていない。

ローゼリンデが軍属である限り、エリクを救い出してくれる可能性はある。

そう思って北風の寒さに耐えているうちに、砦の責任者である司令官が交代になると発表があった。

今の司令官は左遷され、死んだ目をしたじじぃ……、中年男性だった。

どうせ、似たような男が来ると思っていたが、エリクは、いや、砦中の男たちが目を見張った。

「今日から司令官になるローゼリンデだ。よろしくな」

エリクは臍《ほぞ》を噛《か》む思いだった。

お前が来てどうする、と言いたい。

中央から手を尽くし、エリクを呼び戻してほしかったのだ。

ローゼリンデに司令官の部屋に呼び出されたエリクは、遠回しにそう訴える。

「駄目ですよ、姫さま。こんな所に来てしまっては。ここは飢えた獣の集まりなんです。姫さまなんてすぐに食い尽くされてしまいますよ」

だからすぐに中央に戻って、と言いたかったがローゼリンデが抱きついてきたから言葉は止まった。一番飢えていたのは、己の肉欲だったからだ。

ローゼリンデが潤《うる》んだ瞳で見上げて言う。

「エリクが守ってくれるだろう？」

我慢出来なくなり、すぐにキスをして押し倒す。

これはこれでいいと、爛《ただ》れた脳は思っていた。

エリクは当然のように副官に指名され、この北の砦でただ一人の女性を自由に抱ける立場を得たのだ。

それは同時に、砦の男たちほぼ全員と敵対するということだった。

隙《すき》あらばローゼリンデに近づき、エリクを蹴落とそうとする男たちとの戦いが常にあった。それでも、ローゼリンデの心と体がご褒美なのだから、まあ悪くはない。

そう思っていた筈《はず》だった。

ある日、寒さがマシになった頃に商人の男が砦を訪れた。

商人がやって来るのはよくあることだ。食料や飲料水、それに生活必需品は軍からの支給品以外にも商人が売りに来るのだ。

だが初めてみるその商人に、エリクは何か引っかかるものを感じた。

どこにでもいる中年男性といった風体で如才《じょさい》なく丁寧な物腰なのだが、気配が独特だった。愛想《あいそ》笑いも張り付いたような笑みに見える。

それは、エリクが今まで経験した中から違和感を覚えた第六感のようなものだ。常人にはない感覚で、その商人が普通ではないと断じたのだ。

エリクは商人に声をかけた。

「お前、どこのものだ」

商人は一つ瞬《またた》き、生半可な答えでは許されないと悟ったようだ。恭《うやうや》しく頭を下げて言う。

「はい、私はポールと申します。とあるお方からローゼリンデさまのご様子を確かめ、ご機嫌を伺ってくるよう申しつかっております」

「なるほどな。だが、妙な真似《まね》はするな」

「はい。勿論《もちろん》でございます」

ポールが差し出した手紙を、エリクはローゼリンデに渡す。すると彼女はポールと会うというので、司令官室へと案内した。

「エリクは下がってよい」

「ハッ」

ローゼリンデに追い出されたが、どうも気になる。

まだ中央へ返り咲くことを諦めていないエリクは、ポールが誰からの差し金か確かめたかった。もしクラウスの手の者だったら、どうにか引き上げてもらいたい。そう思っていたのだが。

ポールに声をかけたローゼリンデは笑いを含んだ声で言ったのだ。

「エリザもなかなか、面倒見がよいの。こんな所まで人を送ってくるとは」

「お嬢さまは、この寒い砦でローゼリンデさまが辛い思いをしていないか、心配されているのです」

「ふふ。わらわは望んでここに居るというのに」

ポールが溜息《ためいき》を吐《つ》いて言う。

「そのようですね。あの男前の副官さまと居るのがいいんでしょう。でも、それなら皇都に戻ってこられてもいいんじゃないですか？」

「それだと、他の女の影に怯《おび》え常に不安になるではないか。ここなら、わらわ以外に女はおらぬ」

それを聞いて、エリクはゾッとした。

まさか、ローゼリンデは自分に飽きるまでずっとここに居るつもりか。そもそも、帰ろうと思ったら帰れそうな口ぶりだ。わざと北の砦に滞在しているのか。

だとすれば、自分がここに左遷されたのも、まさか、ローゼリンデにそのように道を作られたのではないか。

エリクは足元が崩れるような感覚に陥った。

「ははあ。究極の独占欲ですな。そのように思われて、副官さまも男冥利《おとこみょうり》に尽きますなあ」

その副官が聞いているのを分かっているように、ローゼリンデはうっとりとした笑顔で言った。

「あやつが心からわらわを愛し、欲するようになってから、戻ることを考えよう」

番外編

フィオニスの後宮 ～アデリナの場合～

すごいところに来てしまったものだ。

アデリナはこの後宮に入れられた時から常にそう思っていた。

今も、アデリナの為《ため》に何十人も使用人たちが働き、世話をかけている。

夕餉《ゆうげ》にはアデリナが好む皇国のメニューがたくさん、それにこのフィオニスの物も並んでいる。

アデリナが好きなだけ食べられるよう、何もかもが揃《そろ》えられている。それも、アデリナは指一本動かさずとも目線だけで察した女官が指示し、使用人が動くのだ。

ずらっと控える女性たちを目にすると、居心地が悪くて仕方がない。

西の大国、フィオニス王国の王族は後宮を持つことが出来る。

アデリナはよく分からないうちに、学園の留学生だったレオンの後宮に入ることになってしまった。

フィオニスの後宮には元々、アデリナの主であるローゼリンデが入る予定だった。

それが、ローゼリンデは北の砦《とりで》で寒い思いをし、アデリナは砂漠のオアシスで過ごしている。出来るなら、変わってやりたいが……。

「アデリナ、どうした。ボーっとして」

レオンがアデリナを抱き寄せ、軽く口付ける。

レオンは何故か分からないが、アデリナを気に入っているようだ。

後宮に居る時は大体、アデリナに触れてべたべたしている。

それに、金色の瞳がとろりとした甘さを含んでこっちを見ているのだ。

アデリナは何だか分からない甘酸っぱい思いに胸を掻《か》きむしりたくなったが、少し体を引くことでそれを我慢した。

「あ、ああ。姫さま、元気かなあ。寒がってないかなあ」

「大丈夫だ。惚れた男を追いかけて行ったのだから」

「うまくいったのかなあ。あの野郎、私は気に入らなかったけど」

ローゼリンデがレオンに話をしに行こうと移動している時に、あのエリクとかいう優男《やさおとこ》が声をかけてきたのだ。

クラウスを探しに来たという軍の男に、ローゼリンデはちょっと甘い言葉をかけられただけでコロッと参ってしまった。護衛として付き従っていたアデリナは、全てを間近で見ていた。思い出すとまた苦々しい気持ちに駆られる。

その物思いは、レオンが押し倒してきたことによって破られた。

「アデリナ、俺の前で他の男のことを考えるな」

「わ、分かった、分かったから。落ち着けって」

しかし、レオンは手を止めずにアデリナの薄い絹の衣装を脱がしていく。

使用人たちの前でも平気にいたそうとすることに、アデリナはこれがカルチャーショックかと思う。

レオンの手を取って、必死に嘆願した。

「お願い、レオン。ここじゃ嫌だ」

「分かった。では寝室へ」

アデリナを軽々と抱き上げることにも驚く。

女性としては長身で、しかも筋肉がついて重い体だ。

それなのにレオンは寝室まで苦も無く運び、寝台にアデリナを寝かせるのだ。

彼が覆いかぶさってくるのにも、アデリナはいつも戸惑い驚く。

レオンの雄は硬く熱くなっていて、アデリナに興奮しているのだ。

自分のようなごつく、女らしくない体にどうして興奮出来るのだろう。胸だって膨らみは小さいし、全身が逞《たくま》しいというのに。

しかし、レオンは飽きもせずアデリナの体を弄《いじ》り、何度も交わる。ほとんど毎夜だ。

まだレオンだけが勝手に気持ちよくなって終わってくれるなら楽なのに、そうもいかない。彼はアデリナにも快楽を与えようと、ねちっこく愛撫《あいぶ》してから挿入するのだ。

「ん、レオン、もういいから……」

「もっとアデリナを味わいたい」

全身舐められ、何度もイかされて愛撫の時点でへとへとだ。

「お、お願い、もう、もう……、レオンっ」

「欲しいか？」

「欲しい、挿《い》れて……」

おねだりして、やっと挿れてもらってもそこからがまた長い。

レオンが一度達するまでに、アデリナは延々揺さぶられ、何度も絶頂を味わわされる。

アデリナは体力がある方だが、それでもかなり疲れる。

やはり、この役目はローゼリンデには難しいだろう。


「はぁ……」

翌朝、アデリナはいつもの訓練をしようと庭に移動していた。勿論《もちろん》、御付きの女官やら護衛の武官やらもぞろぞろついてくる。

それに体が痛いし、洗った筈《はず》だけどたまに中から残滓《ざんし》がとろりと流れ出る。

大体、朝に目が覚めるとレオンの腕でがっちり抱え込まれている上に、朝からまたされてしまう時が多い。今朝も、横になったまま後ろから挿れられて喘《あえ》がされた。

本当に、アデリナの体力でないと普通の女では抱き潰されることだろう。

アデリナでも大分辛《つら》くなってきた程だ。

体力作りの為にも、訓練は欠かせないが既に疲れている。

しかし、これくらいの疲れなど休む理由にならない。アデリナは根性で剣を振るい始めた。

「こんな男の真似事《まねごと》をする外国人が後宮の主だなんて！　一体どうなっているの！」

「ん？」

レオンの後宮では、使用人全員がアデリナに尽くすことを厳命されている。だから、この若い女性の声は使用人ではないということだ。

無為な暮らしに、少し楽しそうな出来事が起こる予感でアデリナは顔を輝かせた。

果たして、この国特有の褐色の肌に目が金色の、可愛《かわい》い女の子が近づいてきた。怒っている表情も可愛い。

「貴女《あなた》、レオンさまを独り占めだなんて何を考えているの。後宮はもっとたくさんの女性を、それもこの国の身分ある者を入れるべきなのよ！」

「えっと。誰ですか」

側仕《そばづか》えの女性がそっと耳打ちしてくれる。

「宰相《さいしょう》のご息女のララさまです。幼い頃からレオンさまを慕っておられます」

ララはツンとして言う。

「そうよ。レオンさまは昔から、私を可愛がってくれていたわ。きっと大切すぎて手が出せないのでしょうね。だから貴女を後宮に入れたのだわ！」

「じゃあ貴女も後宮に入ったらいいいんじゃないですか」

アデリナがそう指摘すると、ララはぐっと詰まった。そして、次に泣きそうな表情になった。

「お父さまに打診してもらっても、断られたって。貴女がワガママを言って、そうさせてるんじゃないの！」

瞳をうるうるさせながら詰《なじ》ってくるララに、アデリナは笑いそうになって真顔を保った。

ララは素直で可愛い。ローゼリンデをちょっと思い出させる。

それならば、ララと一緒に居るのも楽しいだろう。

アデリナは真顔を保ってララに近づいて言った。

「私に、貴女をお助けする許可をください」

「えっ……」

「困りごとがあるのでしょう？　一緒に解決しましょう」

そう言ってララの顎《あご》をくいっと持ち上げれば、彼女の頬《ほお》はみるみる赤く染まった。

男慣れしていない女子をときめかせるのは、アデリナの得意とすることだ。

学園では女子にきゃーきゃー言われていたし、皇宮でも同じくだ。

だが、ここではレオンを主君としてアデリナに仕える女性ばかりで、感情を乱すことはない。

ララみたいな子がいると、楽しい。

それに、一人でレオンの全てを受け止めるのは辛いと思っていたところだ。

ララはアデリナの誘いに、目を伏せて「ええ」と応じた。すっかり照れて大人しくなっているのがまた可愛い。

話を聞きだすと、やはりララはレオンが好きで、後宮に入りたいということだった。

アデリナは頷いて言った。

「では、私からもレオンに言ってみます」

「いいのですか！」

「はい。私も一人じゃ心細いし、二人で一緒に後宮に居られるように頼んでみましょう」

「嬉《うれ》しい。私、アデリナとならやっていけそうだわ」

嬉しそうに、今度は興奮で瞳を輝かせている。こんなララも可愛い。

じゃあ頼んでみる、と手を振って別れたのが、ララを見た最後となった。

後宮にやってきたレオンに、早速ララの話をしてみたが彼はあっさりと言ったのだ。

「宰相の娘なら、別の縁談で他国に行くことが決まっている」

「え？　でもそんなことは言ってなかったけど」

「恐らく、最後にここに遊びに来ただけだろう」

「えっ、でもそんな感じでは全然なかったけど」

「先方から何も言ってこない限り、俺にはどうしようもない」

「そう、だね。じゃあ次に来た時に、縁談のことも聞いてみる」

それで話は終わったのだが、その後、アデリナは延々と責め立てられた。

勿論《もちろん》、寝台の上でだ。

「アデリナは、俺が他の女を抱いてもいいのか」

「あっ、あっ……！　そういう、わけじゃ……っ、あぁっ」

「だったら、何故後宮に女を入れようとする」

「後宮って、そういう、ところなんじゃ……っ、あぁっ、そこ、だめぇ……」

「駄目じゃない」

すっかり覚えさせられたいいところを突かれ、アデリナは嬌声《きょうせい》をあげて達してしまう。

こんな声を出すなんて、自分じゃないみたいだ。

アデリナは、己にはこんな喘《あえ》ぎ声は似合わないと思っているし、男に好かれるのも抱かれるのも不思議な感じに思っている。

ずっと男のように生きてきたから、情緒が育っていないのだ。だから、独占欲もないし嫉妬もしない。

けれど、気持ちを察する力はある。

だから、自分のこのようなところがレオンには腹立たしいのだと、何となく察した。

レオンを抱きしめて言う。

「ごめんな、普通の女のようになれなくて。でも、レオンが好いてくれるのは嬉しいし、私もレオンが好きだ」

「アデリナ……！　愛している……」

レオンがアデリナに激しいキスをして、猛烈に突き上げ始めた。激しい腰使いにパンパンと肉がぶつかる音がする。

激しい。気持ちいいけれど、また体がしんどくなる。

レオンを宥《なだ》めることが出来たのはいいが、彼を興奮させてしまったのはいただけない。

後宮の女主人は、夫を手のひらの上で転がしながら自分の生きる道も模索中なのだった。

番外編

皇都のレストラン ～マリーナの場合～

月に一度の食事会は、当たり障《さわ》りのない話題でつつがなく会話をし、互いにつまらないと思いながらも穏やかな雰囲気を心掛ける。

実に気乗りしない時間だ。

けれど、マリーナはそれを一切表情に出さない。いつも柔らかで穏やかな笑みを浮かべている。

それは食事相手の婚約者であるフリード・ヴァイカートが迎えに来た時もそうだったし、フリードに案内されたレストランの個室に、先にクラウスが着席していた時も瞬《まばた》きを一つしただけですぐ笑みを浮かべて挨拶した。

「これはクラウス殿下《でんか》。ご機嫌麗《うるわ》しゅうございます」

「二人とも、久しいな。せっかく二人きりの食事会だが、邪魔させてもう」

「とんでもない。殿下、歓迎いたします」

フリードは自らが手引きしたくせに、そんな風に言う。

マリーナはにこりと笑って言った。

「フリードさまは、食事の際に殿方を引き合わせるのがお上手ですものね」

エリザにパール宮中伯《きゅうちゅうはく》の子息を引き合わせたように。そしてそれは後日大問題を引き起こした。

その痛烈な嫌味だ。

だが、フリードの面の皮も鉄壁の厚さを誇る。

無表情のままマリーナを無視し、クラウスに向かって話す。

「私は少し、連絡をしなければいけない案件がありますので失礼します」

そう言って席を外し、話の内容までは関わらないようにしようとするつもりだろう。

だが、その目論見《もくろみ》は他ならぬクラウスに阻まれた。

「フリードもそのままで。婚約者でもない男女が個室にこもるのは余計な憶測を生む」

「では、そのように」

フリードもマリーナの隣に座った。正面に座っているクラウスは一体、どの切り口で話を持ってくるのか。

「エリザは挑戦状と言っていたが。あの真実を知らせた手紙は貴女《あなた》が送ったのだな、マリーナ」

愚直すぎる真っすぐな切り込み方に、嘲笑《ちょうしょう》が出そうになる。

だがマリーナはいつもの柔らかな笑みのまま穏やかな声を出した。

「一体なんのことでしょう」

「とぼけなくていい。宰相《さいしょう》なら、俺の軍務予定も探り出せるだろう。エリザの部屋に手紙とはいえ物質転移をさせられるのは限られた人間だ。その中で、俺とエリザの婚約を解消させたがっていた人物は貴女しかいない」

「分かりかねますわ」

マリーナは笑みのまま、認めない。証拠はないのだ。全てはクラウスの想像の内にすぎない。

だが、次のクラウスの挑発には流石《さすが》のマリーナも笑みが引っ込んだ。

「婚約を解消させたかったのは、俺と婚姻したかったのか？　生憎《あいにく》、俺は貴女を妃《きさき》には出来ない。代わりに、兄の妃へと推薦しようか。晴れて皇太子妃となるのも良かろう」

苛立《いらだ》ちと嫌悪で一瞬、マリーナが真顔になった。

だがすぐにまた柔らかな笑みを貼り付ける。いつもより、顔が強張《こわば》ってしまうが仕方ない。

マリーナは、人に対しての好き嫌いをなるべく心に置かないようにしている。個人に対する感情を持っていては、対応に差が出来てしまうからだ。

皆に優しく丁寧に。それがマリーナの家の方針だった。

だが、やはり人間だから好き嫌いはある。

マリーナは無能な皇子たちが大嫌いだった。

血筋に不安があり、弟妹を追いやろうとする第一皇子。

そしてその第一皇子に歯向かえず、上手《うま》く立ち回りも出来ずに自ら汚れ仕事を引き受けていた第二皇子。マリーナはそんな第二皇子の為《ため》にエリザが心を痛めているのが許せなかった。

皆に優しくしていると、人は大抵頼ってくる。甘えて利用してくるような輩《やから》もいる。

だがエリザは違った。必要以上にマリーナを頼る人には一喝し甘えるなと指摘する。

そして、マリーナ自身を気遣ってくれる。家族以外でそんなことをしてくれる人は、初めてだった。誰よりも大切な、大好きな友人。

クラウスはエリザに相応《ふさわ》しくない。邪魔者には退場してほしい。

だが、思ったようにはならなかった。

一体、どうしてこうなったのだ。苛立ちはあるが、それをクラウスにぶつける訳にはいかない。

マリーナは柔らかな声を心掛けて口を開いた。

「それには及びませんわ。アドルング家は、既に皇太子妃への打診を辞退しております」

「それならば、何故《なぜ》俺とエリザを引き裂くような真似《まね》をした」

「私には分かりかねます。ですが、そうですね。きっと、そのお手紙の送り主は、貴方さまがエリザに相応しくないと思ったのではないでしょうか」

堂々と皇子を誹《そし》るマリーナに、流石にフリードが目を瞠《みは》った。

クラウスは無表情を貫いて更にマリーナを煽《あお》る。

「だが、手紙は失敗だったな。そのお陰で、エリザは俺を好いたのだから」

「……普通は、婚約者が汚れ仕事をしているなんて嫌悪されますのよ」

「エリザは普通ではなかったということだ」

マリーナの笑顔が消えた。冷え冷えとした表情で、目に怒りが浮かんでいる。そう、彼の言う通り、事態を好転させようとしたあの手紙は失敗に終わった。エリザはクラウスのことを生理的に無理と言っていたのに。クラウスを失脚させず、婚約も解消せず、何故か好いてしまった。

まあ、エリザが不幸そうにしているよりはマシと思えばいいのだが、それでも業腹だ。

しかし、落ち着いた静かな声で呟《つぶや》く。

「たまたま、エリザの琴線に触れたのでしょう。ですが、以前のような振る舞いをされたらすぐに目も覚めることでしょう」

「君が友人思いで、そして俺のエリザに対する態度に憤っていたのはよく分かった。だが、君のその行為をエリザが知ったらどうするだろうな、マリーナ」

それにはマリーナはフッと笑ってから言い放つ。

「エリザなら、私を見直したと言って好いてくれますわ」

「なるほど。同じ血筋で、同じ反応になるのだな」

「え……？」

ふと気付けば、フリードが食い入るようにこちらを見つめていた。

その瞳は、いつもの冷めきったものではない。熱に浮かされたような、妙な温度を視線に感じる。

クラウスが立ち上がって言った。

「後は二人、ごゆっくり」

そう言って立ち去っていく。

「……あぁ」

溜息《ためいき》交じりに声を出したフリードに、マリーナはびくっとする。

自分は対応を間違ったのかもしれない。

今まで感じたことのないフリードからの熱量を、びしばしと感じる。

こんな目で見つめられたことは、今までになかった。

視線だけで捕獲されてしまいそうだ。そんな訳はないのだが、内心ヒヤリとする。

出来ることなら、今すぐ逃げ出したい。そんな本能的な恐れがあった。

マリーナは恐怖を堪《こら》えて笑顔でフリードの方を見た。

「あの、そんなに見つめられると緊張してしまいますわ」

見なきゃ良かった、と思った。

フリードは夢見るような表情になっていたからだ。その顔は見たことがある。

エリザが上の空だった時と同じ顔をしている。

「……ただの、作り笑顔が上手い令嬢だと思っていたんだ」

「そのようなことは……」

否定しない方がいいのかもしれない。正直、どう対応していいか分からない。

「貴女にこんな一面があっただなんて。エリザの為に殿下にも堂々と渡り合う胆力、痺《しび》れた……」

「いや、あの……。今日は食事という感じでもなくなりましたし、そろそろ……」

「嫌だ。こんなに心が熱くなったことは今までに無かった。この感情に、浸っていたい。もう貴女を知る前には戻れない。マリーナ……」

ガシッと手を握られ、反射的に振り払おうとするが放せない。

隣に座っていたのは失敗だった。

「放してください」

「もっと貴女のことが知りたい。マリーナの全てを知りたいんだ」

面倒なことになってしまった。何事にも冷淡で、家柄と出世以外には興味がないのだと思っていたフリードが、今やマリーナに好意を示している。

どう躱そうか。これから、どうしよう。

マリーナは、周囲の皆が変わっていくことが寂しかった。

エリザが熱烈ともいえる恋に落ちた結果、クラウスさえ変えてしまったことには驚いた。

だが、そのエリザと同じ熱さをこのフリードから感じる。自分も変えられてしまうのかと思うと、怖い。変えられたくない。変わりたくない。

それに、なんだか身の危険も感じる。それほどのぎらぎらとした熱量が、フリードから感じられる。

今までは潔癖で冷淡で、一切マリーナの肉体には興味が無さそうだったのに。

途方に暮れて、逃げ出したくて、顔が引《ひ》き攣《つ》る。
そんなマリーナの表情を、フリードはうっとりと見つめ続けていた。

番外編

皇宮 ～エリザの場合～

学園内だというのに、クラウスはすぐにエリザをひと目のないところに引っ張り込んでは抱きしめ、口付ける。

今も、そうだった。

昼休みに、今日は誰もおらず二人きりでパビリオンで昼食を取った。その後、長椅子で並んで座っていると二人でずっと触れ合うことになる。

クラウスにキスをされ、それが深くなり、体を撫《な》でられる。

エリザはとろんとした表情でされるがままだった。

クラウスが顔を覗《のぞ》き込んで言う。

「止めなくていいのか」

「あ……」

「止めないなら、続けるぞ」

そう言ってスカートの中に手を差し込んでくる。エリザは太ももでその手を挟んでそれ以上の侵入は防いだ。

「駄目……」

「そんなエロい顔して言っても、説得力ねぇ」

「だって、クラウスに触れられたらこうなってしまうの」

「こうって？」

「う、その、気持ちよく……」

「俺のこと、煽《あお》ってる？」

クラウスはまた顔を寄せて口付けを始める。舌を絡ませあってぴちゃぴちゃと音が鳴るのが恥ずかしいけど、気持ちがよくて止められない。

「んっ、はぁっ……」

ぼうっとしたままキスを続けていると、クラウスが囁《ささや》いた。

「足、ゆるめろよ。手が引き抜けない」

「ん……」

彼の手を挟んでいた太ももをゆるめると、クラウスは迷いなくスカートの奥に手を進めてしまった。慌てて再び腿《もも》で挟んでも、もう遅い。

クラウスの手は、ドロワーズに触れていた。びしょびしょに濡《ぬ》れた、ドロワーズに。

クラウスの笑みが意地悪なものになる。

「へえ、こんなに感じてるんだな」

「つ、だから、貴方《あなた》に触れられるとこうなってしまって……」

「はあ、もう我慢は無理だ」

クラウスはそう呟《つぶや》くと、ドロワーズを脱がそうとする。

エリザは慌てて止めた。

「だ、駄目よ！　そんな、学園内で……」

「じゃあ、俺の部屋に来る？」

以前、一度だけ抱かれたのも、クラウスの部屋だった。

二人がしていたことは当然、侍従《じじゅう》や使用人たちにバレただろう。どこまで噂《うわさ》が広まっているか、考えただけで恐ろしい。

そもそも、貴族社会では婚前交渉もいけないことになっている。伝統を重んじるエリザの家では絶対許されない。

それなのに、もう一度いたすなんて駄目だ。

「それは……」

でも、本当はクラウスと触れ合いたい。きっぱりとクラウスの誘いを断るのもつらい。

迷うエリザに、クラウスは追い打ちをかけた。

「部屋に来ないなら、今ここで抱く」

「……行くわ」

「逃げるなよ」

午後の授業は、ずっとそわそわしてしまった。

やはり、誘いを断るべきなのではないだろうか。

でも、でも。

散々悩んだが、それは無駄だった。授業が終わると、既にクラウスが廊下で待ち構えていたからだ。

連行されるように、車寄せへと向かう。

男女二人きりで馬車に乗るのは、婚約者といえどヴァイカート家では許されないので、それぞれ別の馬車で向かう。

皇宮の車寄せでも、クラウスが待ち構えていて部屋まで連行された。

歩きながら、クラウスは言う。

「前は、何も知らないエリザをこれから犯すんだって興奮したけど、今は抱かれに来てるって分かってるエリザで、それも興奮する」

「馬鹿……」

でも、エリザ自身も頭が馬鹿になっていると自覚していた。

クラウスのことを言えないほど、興奮し性欲に振り回されている。

部屋に到着すると、クラウスは以前のようにまず鍵をかけた。

抱き合ってキスをする。そうしながら、お互いの制服を脱がし合った。

ベッドまで、二人の制服や下着が点々と落ちていく。裸でもつれ合うようにベッドに転がった時には、互いに我慢出来ない状態だった。

だがクラウスは物凄《ものすご》く我慢した様子で言う。

「ちゃんと、慣らさなきゃ」

そして既にぬるぬるに濡れたエリザの襞《ひだ》を割り開き、敏感な尖りを撫で始めた。

エリザの体はびくんと反応した。

ちょっと触れられただけで、もう達しそうだ。

「そこ、ダメ。もういいから……」

「まだ全然触れてないだろ」

「だって、もう、イっちゃう……」

「あんまり、イきたくない？」

前回は、拷問のように何度もイかされてよがりまくってしまったのだ。それは避けたい。エリザは頷《うなず》いた。

「ん……」

「はー、可愛すぎる。エリザ、早く挿れたい……」

クラウスの雄も腹につくほど反り返り、先端が濡れている。

それでも、蜜孔をほぐそうと彼は指を挿入した。

同時に、エリザの胸の先端をぱくりと咥《くわ》える。舌先で胸の先端を愛撫しながら、中のいいところを擦《こす》られるとエリザの腰は揺れた。

「あっ、そこも、ダメ……」

「でも、ほぐさないと」

「もう、イキそうなの……っ」

「少し、我慢してくれ」

クラウスは無慈悲に言って、指を増やして出し挿れを続ける。

「あっ、あぁっ、ほんとに、ダメぇ……っ」

「もう挿《い》れるからな」

達しそうになる直前に指が引き抜かれ、媚肉はひくひくと物欲しそうに動く。

クラウスの雄の先端が蜜孔に宛がわれた時も、同様だった。

彼がゆっくりと挿入してくる。

いきなり激しいのはエリザが痛がると思っているのだろう。

だが、ゆっくりと挿入しては引き戻す動きを繰り返し、少しずつ奥に進むのは焦れったかった。

「あっ、あぁっ……」

快感で身悶《みもだ》えるエリザに、クラウスは腰を摑《つか》んで慎重に押し進める。

「痛くないか」

「だい、じょうぶ……っ」

「もうちょっと、力抜けよ。息は止めないで」

「んっ……」

エリザは気を抜くとすぐに達しそうだし、気持ちが良すぎて力を入れてしまう。

だが、クラウスは痛みと緊張で力を入れているのかと心配そうだ。

本当に大丈夫、とうんうんと頷くと、クラウスはエリザの中のいい所に雄の先端を宛がった。

「ここ、気持ちいいだろ」

そのままそこをごりごりと小刻みに擦り上げる。エリザは嬌声《きょうせい》をあげた。

「あぁーっ！　ダメ、そこ、ダメぇ……っ！」

「気持ちいいんだろ？」

「良すぎて、ダメ……っ、あっ、あっ！　イっちゃう……！」

「じゃあ、もっと奥まで」

クラウスがずるりと奥まで挿入させた。

その弾みで、奥のいいところにコツンと当たる。

エリザの目が見開かれた。

ちょっと先端を当てられただけで、体中にビリビリくるような快楽が沸き起こったのだ。

「っ、あ……」

「あ、ここ突くと締まるな。というか、うねってる」

「ひぁっ！　そこ、だめ！　やぁっ」

「気持ちよさそうな顔して言っても説得力ないぞ。俺は気持ちいい」

そう言うと、クラウスは腰を緩く動かして何度も奥に当て始めた。

「あっ、あっ！　あ――っ！　そこ、ダメ、ほんと、ダメぇ……っ！」

「さっきからダメばっかり。いいって言えよ」

「イっちゃう……！　やぁっ、気持ち良すぎて、ダメなの……っ」

「エリザ、ほんとお前は……っ！　一緒に気持ちよくなればいいだろ」

「っ、クラウス、クラウスぅ……っ」

「もう、我慢出来ねぇ」

クラウスが腰を激しくぶつけ始めた。

その度の奥の気持ちいいところを突かれ、エリザはすぐに達した。

「あーっ！　イったから、やめてぇ……っ」

「止まれる訳ねぇだろっ！　……はぁっ、くっ……！　エリザ……！」

パンパンと肉のぶつかる音がするが、体は全然痛くない。

快感ばかり拾ってしまい、エリザは再び上昇していく。

腰を揺らし、クラウスに抱きつくと彼はキスしてくれた。夢中で舌を絡め合う。その間も、クラウスは大きく腰を振っていた。

突然、目の前が真っ白になった。

「あっ、ああっ！　また、イっちゃう……！　だめぇ……っ」

エリザが達すると、クラウスも最奥に雄をねじ込み、その締め付けに逆らわず放った。

中に熱いものが流れている。

そう思うと、また感じてしまう。

中で放つのは、やめてもらわなければ。

「はあ、はあ……っ、エリザ、もう一回……」

何度もするのも、やめてもらった方がいいだろう。

それなのに。そう思っているのに。

エリザはクラウスに抱きつき、キスをして、腰を揺らし彼の名を呼んでいた。

「クラウス……」

「エリザ。好きだ。エリザが俺を思ってくれたから、救われたんだ」

「ん、クラウス、好き。好き……」

抱きついて、目を瞑《つぶ》って、彼の首筋に顔を埋《うず》める。

本当は、恋に落ちたくなんかなかった。

こんな風に、知能が低下してしまう。頭が馬鹿になってしまう。

でも、好きな人にキスされて、抱かれるのは幸せ。

けれど、エリザは知っている。この気持ちも、いつかは違う気持ちに昇華出来ることを。

熱風のような情熱で馬鹿になっているのは今だけ。

こうやって思いをぶつけあっていたら、いつかは落ち着く筈《はず》。

そうなってもらわないと困る。

早く、理性的な自分に戻りたい。

好意を持つことと、きちんと理性を保つことは両立できる筈だ。

今はこんなことになってしまっているけれど、クラウスだって慣れたら落ち着いてくれるだろう。

そう思いながら瞼《まぶた》を開けて、クラウスを見つめる。

彼は、何故《なぜ》か睨《にら》むようにキツい視線を向けていた。

「考え事か？　随分、余裕があるんだな」

「えっ……、クラウスのことを、考えていたのよ」

「ふぅん。だったら、遠慮しなくてもいいな」

クラウスは怒ってしまったようだ。でもその怒りの中に、焼け付くような渇望があるのを肌で感じる。

彼に求められるのは嬉《うれ》しい。それに、怒っている顔もかっこいい。

クラウスはエリザの足を大きく開かせ、容赦なく奥の感じる所を突き始めた。

「んぁっ！　そこ、だめ、だめ……っ！　あーっ！」

「俺をこんな気持ちにさせておいて、一人冷静になるのは許さない」

クラウスの激情に、思考が引っ張られていく。

また達しそうになりながら、エリザは幸福と愛を実感するのだった。

おわり

あとがき

はじめまして、またはお久しぶりです。園内《そのうち》かなと申します。

eロマンスロイヤルさまで三作目の刊行となりました。いつもありがとうございます！

私はいつも、高慢で生意気だけど顔と身体《からだ》は極上のヒロインが、ヒーローのちんちんをイライラさせて無理やりえっちなことをされて感じてしまう、というのが大好きで書いているのですが、今回は先にヒロインが恋に落ちます。

しかもお相手は既に婚約している王子さま。

だったら順調かと思えば全くそうではなく、子供の頃から仲が悪くて最近の二人は冷え切った関係だったところからスタートします。ヒロインは何とか二人の仲を進展させたいともがきますが、様々な人間関係が絡んでなかなか上手《うま》くいきません。

そうこうしているうちにヒーローに誤解されてしまい、身体に尋問されてしまい……♡

果たして誤解は解けるのか、ヒロインの恋は成就するのか、といった内容になっております。

なんと言っても今回はメインキャラクターの女子が四人。そのお相手が更に四人。他にも登場人物が居ますし、キャラが多い。

書籍化には難しい内容かと思いましたが、刊行して頂けて本当に嬉《うれ》しいです。皆さまにも楽しんで頂けると幸いです。

今回も紙の校正チェックをしたのですが、猫たちが交代で邪魔をしに来ていました。絶対紙の上に乗りに来るんですが、どうしてなんでしょう。寒い時期は膝の上にも乗ってきますが、六・五キロと七・二キロなので滅茶苦茶重いです。重いので何回も降ろしてもまた乗ってくるという、可愛《かわい》くてもふもふな石抱きの刑です。膝上を鍛えて頑張ります。

今回、イラストを担当してくださったのはなおやみか先生です。表紙の可愛く麗《うるわ》しい二人を見て感激しました。ありがとうございます！

そして編集のKさま、KADOKAWA編集部さま、最後にこの本をお手に取ってくださった読者の皆さま、本当にありがとうございました！

またお会いできることを願っております。

eロマンス ロイヤル

本書は「ムーンライトノベルズ」(https://mnlt.syosetu.com/top/top/)に
掲載していたものを加筆・改稿したものです。
この作品はフィクションです。実在の人物・団体・事件などにはいっさい関係ありません。

●ファンレターの宛先
〒102-8177　東京都千代田区富士見 2-13-3　株式会社KADOKAWA　eロマンスロイヤル編集部

冷《ひ》え切《き》った仲《なか》の婚《こん》約《やく》者《しや》に今《いま》更《さら》ガチ恋《こい》してしまったけど好《す》きとか言《い》える空《くう》気《き》じゃないしどうしよう

著／園《その》内《うち》かな

イラスト／なおやみか

2025年2月28日　初刷発行

発行者　山下直久
発行　株式会社KADOKAWA
〒102-8177　東京都千代田区富士見2-13-3
(ナビダイヤル) 0570-002-301
デザイン　AFTERGLOW
印刷・製本　TOPPANクロレ株式会社

●お問い合わせ
https://www.kadokawa.co.jp/ (「お問い合わせ」へお進みください)
※内容によっては、お答えできない場合があります。
※サポートは日本国内のみとさせていただきます。
※Japanese text only

ISBN978-4-04-738260-2　C0093　©Kana Sonouchi 2025　Printed in Japan
定価はカバーに表示してあります。